Befriending Bertha

by Kerry Muir

Conociendo a Bertha

Traducido del inglés
por Ercilia Sahores

Jenae Frye and TJ Ritchie as Bertha and Charlie,
Great Platte River Playwrights' Festival (Kearney, Nebraska).

Jenae Frye y TJ Ritchie interpretan a Bertha y Charlie,
Great Platte River Playwrights' Festival (Kearney, Nebraska).

Befriending Bertha
By Kerry Muir
Conociendo a Bertha
Spanish translation by Ercilia Sahores
Copyright 2018. Individual copyright is retained by original authors and translators.
Cover photo by Alex Menez.

Kerry Muir may be reached at **Muirkerry@aol.com**.

Ercilia Sahores may be reached at **Esahores@gmail.com**.

NoPassport Press
PO Box 1786, South Gate, CA 90280 USA
NoPassportPress@aol.com, www.nopassprt.org

First Edition.
ISBN: 978-1-716-3887-3.

Photo by Alex Menez

Gabriella Tsagkatakis and Mei Liu as Bertha and Charlie,
Gibraltar International Drama Festival (Gibraltar, Spain).

Gabriella Tsagkatakis y Mei Liu interpretan a Bertha y Charlie,
Gibraltar International Drama Festival (Gibraltar, Spain).

3

Gabriella Tsagkatakis (Bertha), Mei Liu (Charlie), Isabella Azopadi (Pink);
Gibraltar International Drama Festival, Gibraltar, Spain. 2019.

Gabriella Tsagkatakis (Bertha), Isabella Azopadi (Pink), Mei Liu (Charlie);
Gibraltar International Drama Festival, Gibraltar, Spain. 2019.

Befriending Bertha

A Play

By

Kerry Muir

Conociendo a Bertha

Traducido del inglés

por

Ercilia Sahores

Preface

Befriending Bertha has been produced in venues from Nebraska to Nantucket and most recently, Gibraltar, Spain. In North Carolina, the role of Bertha was played by a differently-abled actress who rocked the role in a wheelchair; in Gibraltar, the role of Charlie was played by a girl; in Los Angeles, a director cast multiple children in each role, with different actors inhabiting the roles at different points in the production. It gives me great joy now to be able to offer Ercilia Sahores' beautifully-nuanced Spanish translation, Conociendo a Bertha, thereby ever-expanding the possibilities.

With love,

Kerry

Prefacio

Conociendo a Bertha ha sido representada en teatros desde Nebraska a Nantucket y más recientemente en Gibraltar, España. En Carolina del Norte, el papel de Bertha fue representado por una actriz con capacidades diferentes, quien se destacó en su interpretación, dominando el scenario desde su silla de ruedas. En Gibraltar, fue un niña quien interpretó a Charlie; en Los Ángeles, un director decidió tener a múltiples niños y niñas en cada rol, cada quien tomando una parte del papel en diferentes momentos de la representación. Es con gran alegría que puedo ofrecer la traducción al español, con sus hermosas sutilezas por Ercilia Sahores, *Conociendo a Bertha*, abriendo de esta manera un nuevo mundo de posibilidades.

Con amor,

Kerry

Kerry Muir (playwright) holds an MFA in Writing from Vermont College. Plays include *Esme and Jasper, Out to Sea* (semi-finalist, Sundance Theatre Lab, Honorable Mention on the 2015 Kilroys 'The List'), Running on Moontime (excerpted in *Best Women's Monologues of 2020*, Smith & Kraus), *The Night Buster Keaton Dreamed Me* (NoPassport Press), recipient of the Maxim Mazumdar Playwrighting award under its original title, *Cut-Ups. Befriending Bertha* received first prize at the Nantucket Short Play Festival & Competition and has had more than twenty productions in the U.S., as well as in Gibraltar, Phillipines, and Sri Lanka. She is the editor of two anthologies of dramatic literature for children and teens, *Childsplay: A Collection of Scenes & Monologues for Young Actors* and *Three New Plays for Young Actors from The Young Actor's Studio*. Her prose has appeared in *Kenyon Review Online, Crazyhorse, Fourth Genre* and elsewhere. Visit her online at: https://kerry-muir- 5gnx.squarespace.com.

Ercilia Sahores (translator): Born in the South of the South (Argentina), her first attempt at English was a laughable effort tounderstand Beatles songs. Due to a lack of schools that taught Russian, she was sent to an institute to learn English, which was run by two boundless British sisters (boundless in height, age, and last but not least, in their knowledge of the Queen's English). However, Ercilia's strictly British education fell by the wayside in a matter of months after she learned of Faulkner and Mark Twain—more specifically, after she spent a period of time in New Orleans. An avid reader, she specializes in English to Spanish translations and the editing of Spanish texts.

~

Kerry Muir (dramaturga) posee una Maestría en Bellas Artes en Escritura de la Universidad de Vermont. Sus obras incluyen Esme and Jasper, Out to Sea (semifinalista, Sundance Theatre Lab, Mención Honorífica en 2015 en la lista de Kilroys), Running on Moontime (fragmento incluido en los Mejores Monólogos de Mujeres de 2020, de Smith & Kraus), La noche en que Buster Keaton me Soñó (NoPassport Press, ganador del premio de dramaturgia Maxim Mazumdar bajo su título original, Cut-Ups) Conociendo a Bertha recibió el primer premio en el Festival y Competencia de Obras Breves de Nantucket y se puso en escena más de veinte veces en los Estados Unidos, Gibraltar, Filipinas y Sri Lanka. Es editora de dos antologías de literatura dramática para niños y adolescentes, Childsplay: A Collection of Scenes & Monologues for Young Actors y Three New Plays for Young Actors from The Young Actor's Studio. Su prosa se ha publicado en Kenyon Review Online, Crazyhorse, Fourth Genre y muchas otras publicaciones. Para saber más: https://kerry-muir- 5gnx.squarespace.com.

Ercilia Sahores (traductora) Nacida al sur del sur (Argentina) sus primeros pasos en el inglés fueron absurdos intentos por entender las canciones de los Beatles. A falta de escuelas de enseñanza del idioma ruso, fue enviada a aprender inglés a un instituto dirigido por dos hermanas británicas sin límites (en edad, en altura y en su conocimiento del idioma) Sin embargo, el inglés británico de Ercilia se transformó rápidamente luego de leer a Faulkner y a Mark Twain y más aún al vivir en Nueva Orleans. Lectora voraz, se especializa en traducciones del inglés al español y la edición de textos en español.

❧

BEFRIENDING BERTHA was produced in February, 2019 by The Magazine Studio at **The Gibraltar International Drama Festival**. Mei Liu, in the role of *Charlie,* was awarded Best Youth Actress of the Festival. The production received nominations in the categories of Best Director, Best Supporting Actress, Best Supporting Youth Actress, Best Script, and featured the following cast and crew:

BERTHA ....Gabriella Tsagkatakis
TINY ....Krsna Gulraj/Isabella Azopadi
CHARLIE ....Mei Liu
PINK ....Isabella Azopadi/Krsna Gulraj
WOMAN ....Vanessa Saccone
Directed by ....Tanya Santini
Sound & Lighting by ....Alex Menez.

BEFRIENDING BERTHA was the winner of the **Nantucket Short Play Festival & Competition**, and was produced at the festival with the following cast and crew:

BERTHA ....Leah Day
TINY ....Meredith Shepard
CHARLIE ....Louis Howe
PINK ....Misha Currie
WOMAN ....Marjory Trott
Directed by ....Marjory Trott
Tech Support ....Karina Ríos and Emily Brown

BEFRIENDING BERTHA was produced at **The Great Platte River Playwrights Festival** in Kearney, Nebraska with the following cast and crew:

BERTHA ....Jenae Frye
TINY ....Aubrey Brandt
CHARLIE ....TJ Ritchie
PINK ....Fay Gallagher
WOMAN ....Sara Schulte
Directed by ....David Brandt
Tech Support by ....Jack Garrison

CONOCIENDO A BERTHA fue representada en febrero de 2019 por The Magazine Studio en el **Festival Internacional de Arte Dramático de Gibraltar**. Mei Liu ganó el Premio a Mejor Actriz Juvenil del Festival por su interpretación de Charlie. La representación recibió nominaciones en las categorías de Mejor Director, Mejor Actriz Secundaria, Mejor Actriz Secundaria Juvenil, Mejor Guión y fue representada por el siguiente elenco y equipo:

BERTHA ....Gabriella Tsagkatakis
TINY ....Krsna Gulraj/Isabella Azopadi
CHARLIE ....Mei Liu
PINK ....Isabella Azopadi/Krsna Gulraj
WOMAN ....Vanessa Saccone
Directed by ....Tanya Santini
Sound & Lighting by ....Alex Menez.

CONOCIENDO A BERTHA fue ganadora del **Festival y Competencia de Obras Breves de Nantucket**, y fue representada por el siguiente elenco y equipo:

BERTHA ....Leah Day
TINY ....Meredith Shepard
CHARLIE ....Louis Howe
PINK ....Misha Currie
WOMAN ....Marjory Trott
Directed by ....Marjory Trott
Tech Support ....Karina Ríos and Emily Brown

CONOCIENDO A BERTHA fue representada en el **Festival de Dramaturgia Great Platte River** en Kearney, Nebraska, y fue representada por el siguiente elenco y equipo:

BERTHA ....Jenae Frye
TINY ....Aubrey Brandt
CHARLIE ....TJ Ritchie
PINK ....Fay Gallagher
WOMAN ....Sara Schulte
Directed by ....David Brandt
Tech Support by ....Jack Garrison

Cast of Characters
(in order of appearance)

Bertha
Around age 11.
So shy, she can barely speak.
Wears glasses.

Tiny
Around age 10.
Short, but feisty. A realist.

Charlie
Around age 12. Maniacally talkative.

Pink
Around age 12. A wild-child.
Somewhat of an outlaw.

Woman
Late 20s - early 30s.
Someone's mother, looking for her child.

Bertha

Alrededor de 11 años.
Tan tímida que apenas habla.
Usa lentes.

Pequeñita

Alrededor de 10 años.
De baja estatura, pero determinada. Una realista.

Charlie

Alrededor de 12 años. Conversador obsesivo.

Pink

Alrededor de 12 años. Una niña salvaje.
De alguna manera una forajida.

Mujer

La madre de alguien, buscando a su hijo.

List of Scenes

Prologue

Place

Each scene takes place at school, on the fringes
of a playground.

Escenas

Prólogo

Locación

Cada escena tiene lugar en la escuela, en el perímetro de un patio de recreo.

Costumes

Bertha should wear something simple and drab; a white button- up shirt with a Peter Pan collar and a gray or navy skirt, white ankle high or knee-high socks and flat uninteresting shoes. And maybe a cardigan sweater.

Charlie might sport a bow tie and some other accessory which is slightly exotic. It might be a pair of high-top sneakers in bright red. It might be a blazer.

Pink is flashy. She wears many beads, bracelets and some sort of amazing hair clip (with a bow, an exotic flower, or even some plastic fruit attached). She might carry a fan or a scarf, have mismatched socks and temporary tattoos. When creating Pink's costume, it should be remembered that her influences are as follows: Madonna, Carmen Miranda, the circus, Gloria Swanson, all silent film starlets, Mardi Gras, James Dean, Carnivale in Brazil, Isadora Duncan, Vivian Leigh (as both Scarlet O'Hara and Blanche DuBois), Elvis, Rock 'n Roll, Grunge and Film Noir. She should be sparkly, dreamy, elegant, flamboyant—and at the same time, she should look like she crawled out of a garbage can.

Tiny shops at The Gap.

The Woman is a beautician by profession, so she should be nicely coifed, with a hip and earthy appearance. Nothing too fancy; she's a working single mom.

❧

Vestimenta

Bertha debería usar algo simple y sin gracia; una camisa abotonada con un cuello tipo Peter Pan y una falda gris o azul marino. Calcetines blancos a la altura del tobillo o de las rodillas y zapatos chatos y simples. Quizás una chaqueta de punto.

Charlie podría usar una corbata de moño y algún otro accesorio ligeramente exótico. Podría ser un par de tenis para baloncesto de color rojo brillante. Puede ser una chamarra.

Pink es llamativa. Usa muchas cuentas, brazaletes y una fabulosa clase de broches para el pelo (con un moño, una flor exótica o incluso algún tipo de fruta de plástico pegada). Puede también tener un abanico o una bufanda, calcetines de diferentes colores y tatuajes temporarios. Al crear el vestuario de Pink, se debe tener en mente que sus influencias son las siguientes: Madonna, Carmen Miranda, el circo, Gloria Swanson, todas las estrellas jóvenes del cine mudo, Mardi Gras, James Dean, el carnaval en Brasil, Isadora Duncan, Vivian Leigh (tanto en su rol de Scarlet O'Hara como de Blanche DuBois), Elvis, Rock 'n Roll, la música grunge y el género de cine negro. Debería ser brillante, soñadora, elegante, extravagante—y al mismo tiempo, debería parecer como si acabara de salir de un bote de basura.

Pequeñita hace compras en The Gap.

La Mujer es esteticista de profesión, de modo que debería estar bien arreglada, con una apariencia terrenal y a la moda. Nada muy elaborado; es una madre soltera de clase trabajadora.

∾

PROLOGUE

*Bertha is eating lunch alone on the playground.
She is a quiet, shy girl who is very shut down.
She is pretty but completely lacks any self-
confidence or belief in herself.*

*Tiny enters. She bounces a basketball. She stares
at Bertha as she does this.*

Bertha does not move, just sits, frozen.

*Tiny stops bouncing the ball and sits down, still
staring at Bertha. She starts doing strange sign
language with her hands.*
Bertha doesn't know what to say.

*Tiny stops the sign language, looks at Bertha,
and snaps her fingers loudly right by Bertha's
ear.*

Bertha looks at her.

After a moment:

TINY: My sister says you're deaf.

*Tiny picks up the basketball and leaves,
bouncing the basketball as she goes.
Bertha remains frozen.*

Lights fade.

PRÓLOGO

Bertha está almorzando en el patio de recreo. Es una niña tímida, callada, que está siempre muy cerrada. Es bonita pero no tiene ningún tipo de confianza o fe en si misma.

Pequeñita entra. Pica una pelota de baloncesto. Al mismo tiempo mira fijamente a Bertha.

Bertha no se mueve, simplemente se sienta, inmóvil.

Pequeñita deja de picar la pelota y se sienta, aún mirando fijamente a Bertha. Comienza a hacer un extraño lenguaje de señas con sus manos. Bertha no sabe qué decir.

Pequeñita deja de hacer el lenguaje de señas, mira a Bertha y chasca los dedos de su mano fuerte, justo al lado de la oreja de Bertha.

Bertha la mira.

Después de un momento...

PEQUEÑITA: Mi hermana dice que eres sorda.

Pequeñita recoge la pelota de baloncesto y se marcha, picándola a medida que se aleja. Bertha sigue inmóvil.

Las luces se difuminan.

Scene one: "Luminosity"

Lights up.

Charlie enters suddenly from out of nowhere and sits by the frozen Bertha. He has a wild energy, like a volcano about to explode.

Bertha is frozen.

CHARLIE: *(As if nothing is out of the ordinary, as if they've been talking a while)* See, that's the whole trouble with tuna fish. You eat it, your breath smells for maybe one, two, sometimes even three hours afterwards. There's a number of ways to deal with the problem. You can use Certs, Tic-Tacs... even Scope if you can find a little bottle in a convenient travel size. Potato chip?

He offers her his bag.

BERTHA: No thank you.

CHARLIE: Pickle?

Bertha shakes her head.

CHARLIE: Sip of cola? *(Pause)* I seemed to have frightened you.

Bertha shakes her head "no."

ESCENA UNO: "LUMINOSIDAD"

Se encienden las luces.

Charlie aparece de la nada y se sienta al lado de una inmóvil Bertha. Tiene una energía salvaje, como un volcán a punto de hacer erupción.

Bertha está conmovida y continúa inmóvil.

CHARLIE: *(Como si la situación fuera totalmente normal y hubieran estado hablando ya un rato.)* Ves, ese es el problema con el atún. Lo comes y luego tu aliento huele a atún por una, dos o quizás hasta tres horas más tarde. Hay distintas maneras de tratar el problema. Puedes usar mentas, caramelos Tic-Tac, hasta enjuague bucal si encuentras una botella pequeñita, de las que se usan para viajar. ¿Una papita?

Le ofrece su bolsa.

BERTHA: No gracias.

CHARLIE: ¿Un pepinillo?

Bertha niega con su cabeza.

CHARLIE: ¿Un trago de soda? *(Pausa)* Parece que te he asustado.

Bertha niega con su cabeza.

CHARLIE: No?

Bertha shakes head "no" again.

CHARLIE: Oh. Okay. Silent type. Good, we'll be great friends. You can listen, and I'll do all the talking. As I was saying... (He looks at Bertha who is still frozen) You know, for a girl of, I would say, eleven or twelve years old, you are abnormally quiet.

Bertha looks down at the word "abnormally."

CHARLIE: I mean, unusually quiet... I haven't said anything wrong, have I? I mean nothing to offend you in any way, shape, form or size? *(Bertha shakes her head "no.")* Or color? Or texture? Or luminosity?

BERTHA: Luminosity?

CHARLIE: *(Amazed that she has spoken)* Yes, luminosity. You know... *(He gives dictionary definition)* "...containing a certain quantity of light, illumination or iridescence... the quality of glowing...sparkling, or shimmering...radiant, shining, aflame, afire..."

BERTHA: No.

CHARLIE: *(Not understanding)* No?

CHARLIE: ¿No?

Bertha niega una vez más con su cabeza.

CHARLIE: Ah. Claro. Eres de pocas palabras.
Bien, vamos a ser grandes amigos, tú puedes
escuchar y yo hablaré. Como iba diciendo...
(Mira a Bertha, que continúa inmóvil.) Sabes algo,
para una niña de diría unos once o doce años,
eres anormalmente callada.

*Bertha mira hacia abajo al escuchar la
palabra "anormalmente."*

CHARLIE: Quise decir, excepcionalmente
callada... No he dicho nada malo, ¿no?
Quiero decir, ¿nada que te pueda ofender de
ninguna manera, forma o tamaño? *(Bertha
niega con su cabeza)* ¿O color? ¿O textura? ¿O
luminosidad?

BERTHA: ¿Luminosidad?

CHARLIE: *(Atónito porque ella ha hablado)* Si,
luminosidad. Tú sabes... *(Le da una definición
de diccionario)* "...que contiene una cierta
cantidad de luz, iluminación o iridescencia...
la capacidad de brillar...centelleando o
resplandeciendo... radiante, brillante,
encendido, en llamas..."

BERTHA: No.

CHARLIE: (Sin entender) ¿No?

BERTHA: No. You haven't offended me.

CHARLIE: Oh. *(Pauses)* Really? Not at all?

BERTHA: *(Not able to look at him)* Not at all.

CHARLIE: Sure?

BERTHA: Yes!

CHARLIE: Good, then I'll continue. So...as to the subject of the tuna fish, another reason not to eat them is that some say the method of their capture has been highly illicit, immoral, shameful, even illegal perhaps, what with the growing number of dolphins getting caught in the traps and becoming extinct in the process—

BERTHA: Who are you??

CHARLIE: Charlie. I'm Charlie. And you're Bertha.

BERTHA: You know my name?

CHARLIE: We've known each other for weeks.

BERTHA: We have?

BERTHA: No. No me has ofendido.

CHARLIE: Oh. *(Hace una pausa)* ¿En serio? ¿Para nada?

BERTHA: *(Sin poder mirarlo)* Para nada.

CHARLIE: ¿Segura?

BERTHA: ¡Si!

CHARLIE: Bien, entonces continúo. Entonces... en lo que respecta al atún, otra razón para no comerlo es que hay quienes dicen que el método de captura ha sido altamente ilícito, inmoral, vergonzoso, quizás hasta ilegal, qué de la cantidad de delfines que terminan atrapados en las trampas y convirtiéndose en una especie en extinción en el proceso —

BERTHA: ¿¿Quién eres??

CHARLIE: Charlie. Yo soy Charlie. Y tú eres Bertha.

BERTHA: ¿Sabes mi nombre?

CHARLIE: Nos hemos conocido por semanas.

BERTHA: ¿En serio?

CHARLIE: Yes. In my mind, in the dark recesses of my mind, I've been talking to you for weeks and we've become very good friends by now.

BERTHA: During recess?

CHARLIE: Not recess, recesses...dark places in my mind, hidden places, areas of fantasy or daydreams...

BERTHA: (*Feeling nervous*) Oh. You've got a very large vocabulary.

CHARLIE: I've been working very hard on it, thank you. I read the dictionary every night. Webster's, Third Edition.

BERTHA: Oh.

CHARLIE: I take it you're not familiar with Webster's?

BERTHA: Not very.

CHARLIE: It's not very exciting. It has no plot.

BERTHA: How come you read it then?

CHARLIE: I'm accumulating words.

BERTHA: Oh.

CHARLIE: Si. En mi mente, en los oscuros huecos de mi mente te he estado hablando por semanas y ya nos hemos convertido en muy buenos amigos.

BERTHA: ¿En los juegos?

CHARLIE: No juegos, huecos... lugares oscuros en mi mente, lugares escondidos, zonas de fantasía o ensueño...

BERTHA: *(Sintiéndose nerviosa)* Oh. Tienes un vocabulario muy amplio.

CHARLIE: Gracias, he estado trabajando muy duro. Leo el diccionario cada noche. Webster, Tercera edición.

BERTHA: Ah.

CHARLIE: ¿Supongo que no estás muy familiarizada con Webster?

BERTHA: No mucho.

CHARLIE: No es muy apasionante. No tiene trama.

BERTHA: ¿Entonces por qué lo lees?

CHARLIE: Estoy acumulando palabras.

BERTHA: Ah.

CHARLIE: Oh yourself.

BERTHA: What kind of words?

CHARLIE: Magical ones. Distraught ones. Ancient ones. Poetic ones. Ones to describe the beautiful things I see, places, even people...who are beautiful, and therefore require description.

Bertha stares at him in complete shock.

CHARLIE: *(Loud voice)* Earth to Bertha, do you read me? *(He shakes her lightly.)* You're looking at me like I'm some kind of an alien.

BERTHA: You're new at this school.

CHARLIE: Yup. Very new. So new, you could even say this was my first day.

BERTHA: Who told you my name?

BERTHA: I told you, you did... in one of our previous conversations.

BERTHA: What previous conversations???

CHARLIE: Don't hurt my feelings, Bertha.

BERTHA: What did we talk about?

CHARLIE: Mucho ah, tú.

BERTHA: ¿Qué tipo de palabras?

CHARLIE: Mágicas. Perturbadoras. Antiguas. Poéticas. Unas para describir las cosas hermosas que veo, lugares, incluso personas...que son hermosas y por tanto requieren una descripción.

Bertha lo mira fijamente, impresionada.

CHARLIE: *(En voz alta)* Tierra llamando a Bertha, ¿me copias? *(La sacude suavemente.)* Me miras como si fuera una especie de extraterrestre.

BERTHA: Eres nuevo en esta escuela.

CHARLIE: Simón. Tan nuevo que hasta podrías decir que este es mi primer día.

BERTHA: ¿Quién te dijo mi nombre?

CHARLIE: Ya te dije, tú me lo dijiste...en una de nuestras conversaciones anteriores.

BERTHA: ¿¿Qué conversaciones anteriores???

CHARLIE: No hieras mis sentimientos, Bertha.

BERTHA: ¿De qué hablamos?

CHARLIE: All about your wooden leg.

BERTHA: What???

CHARLIE: Your wooden leg. How you spent the good portion of your childhood in Hawaii. How you're planning to join the Merchant Marines after sixth grade is over. Why you pour whiskey in your chocolate milk.

BERTHA: You're crazy.

CHARLIE: Yup.

BERTHA: I have to leave now.

CHARLIE: Oh, come on, Bertha...I was just kidding you.

BERTHA: You were?

CHARLIE: Yes.

BERTHA: Oh. So who told you my name?

CHARLIE: Honest?

BERTHA: Honest.

CHARLIE: Truth?

CHARLIE: Acerca de tu pierna de madera.

BERTHA: ¿¿ Qué???

CHARLIE: Tu pierna de madera. Como pasaste gran parte de tu niñez en Hawai. Acerca de tu plan de unirte a la marina mercante una vez que termines sexto grado. Por qué le echas whisky a tu leche chocolatada.

BERTHA: Estás loco.

CHARLIE: Sip.

BERTHA: Me tengo que ir.

CHARLIE: Ay, dale Bertha... Estaba bromeando.

BERTHA: ¿Si?

CHARLIE: Si.

BERTHA: Ah. ¿Entonces quién te dijo mi nombre?

CHARLIE: ¿Honestamente?

BERTHA: Honestamente.

CHARLIE: ¿La verdad?

BERTHA: Truth!

CHARLIE: George Washington.

BERTHA: Who?

CHARLIE: I'm sorry, I meant the National Guard.

BERTHA: What?

CHARLIE: Excuse me, my mistake again... I seem to be having difficulty concentrating today... Did I say the National Guard?

BERTHA: Yes...

CHARLIE: Seems to be one of my off days, what I meant to say was... Tiny Simko told me your name. I asked her, and she told me your name.

BERTHA: Oh.

> *She looks down.*

CHARLIE: Something the matter?

> *He looks at her for a moment.*
> *She says nothing.*

CHARLIE: You're sort of a... quiet type, right? No, no, let me guess... I'll bet you're...shy. *(Pause)* You okay in there? *(Bertha nods.)* Sure?

BERTHA: ¡La verdad!

CHARLIE: Jorge Washington.

BERTHA: ¿Quién?

CHARLIE: Perdón, quise decir la gendarmería.

BERTHA: ¿Qué?

CHARLIE: Disculpame, me equivoqué otra vez....
Parece que tengo problemas para concentrarme
hoy....¿Dije la gendarmería?

BERTHA: Si...

CHARLIE: Parece que estoy en uno de esos días, lo
que quise decir es que...Pequeñita Pérez me dijo tu
nombre. Le pregunté y me dijo tu nombre.

BERTHA: Ah.

> *Mira hacia abajo.*

CHARLIE: ¿Hay algún problema?

> *La mira por un momento. Ella no dice nada.*

CHARLIE: Eres de las calladas, ¿no? No, déjame
adivinar... Te apuesto a que eres... tímida. *(Pausa)*
¿Estás bien ahí dentro? *(Bertha asiente.)* ¿Segura?

BERTHA: *(Nodding again)* Yes.

> *They pause for a moment.*

CHARLIE: Bertha.

BERTHA: What?

CHARLIE: What are you thinking about?

BERTHA: Luminosity.

CHARLIE: Oh. You like that word?

BERTHA: *(Shrugs)* I think so.

CHARLIE: It suits you.

> *Pause.*
>
> *Bertha is silent, not quite sure what to make of that.*

CHARLIE: It's a good word, a very good word. There's others, many others you might like as well... maybe you'd like to hear some more tomorrow... at lunch again... that is, if you're not previously engaged.

BERTHA: Previously engaged?

CHARLIE: Yes, if you're available.

BERTHA: *(Asintiendo otra vez)* Si.

> *Hacen una pausa momentánea.*

CHARLIE: Bertha.

BERTHA: ¿Qué?

CHARLIE: ¿En qué estás pensando?

BERTHA: Luminosidad.

CHARLIE: Ah. ¿Te gusta esa palabra?

BERTHA: *(Se encoge de hombros)* Creo que si.

CHARLIE: Te va bien.

> *Pausa.*

> *Bertha está silenciosa, no muy segura de como interpretar sus palabras.*

CHARLIE: Es una buena palabra, una muy buena palZabra. Hay otras, muchas otras que quizás te gusten... quizás te gustaría escuchar algunas mañana... a la hora del almuerzo, esto es, si no tienes ningún compromiso previo.

BERTHA: ¿Compromiso previo?

CHARLIE: Si, si estás disponible.

BERTHA: I guess.

CHARLIE: Okay... good. Um... Bertha... I gotta go back to class in a little bit but...um...if my mom or dad asks me if I made any new friends today, can I just say that I made one real nice one... and her name is Bertha? Just so they don't think I bombed out on my first day or anything, and spent it all alone... Can you do me that one favor?

BERTHA: Okay.

CHARLIE: Just 'cause I don't want them to worry about me or anything, you know.

BERTHA: Okay.

> *They sit for a few moments in silence,*
> *a little awkwardly.*

BERTHA: Why accumulating words?

CHARLIE: *(Relieved to be off the other subject, quickly)* Well, you know... words can come in very handy, you know. Sometimes. For certain occasions. Y'know?

BERTHA: Oh. *(Pause)* No.

BERTHA: Supongo que si.

CHARLIE: Okay... bueno. Eh... Bertha... tengo que regresar a clase en un ratito pero... ehh... si mi mamá y mi papá me preguntan si hice nuevos amigos hoy, ¿puedo decirles que hice una muy buena amiga... y que su nombre es Bertha? Solo para que no piensen que la regué o algo así el primer día y que estuve todo el tiempo solo... ¿Podrías hacerme ese favor?

BERTHA: Okay.

CHARLIE: Solo porque no quiero que se preocupen por mi ni nada, sabes.

BERTHA: Okay.

> *Se sientan en silencio por unos minutos, un poco incómodos.*

BERTHA: ¿Por qué acumular palabras?

CHARLIE: *(Aliviado al ver que rápido hay otro tema de conversación)* Bueno, tú sabes, las palabras pueden ser muy útiles. A veces. En ciertas ocasiones ¿sabes?

BERTHA: Ah. *(Pausa)* No.

CHARLIE: Well... for example, like... for days like today. When you want to meet somebody who... you've never met before...who you would like to meet... Words are one way that you can do that. *(He leans into her ear)* Capiche?

BERTHA: *(Thinking he's sneezed)* Guzunteit.

CHARLIE: Hey, you speak a little German there, too, Bertha! That's terrific... I mean really terrific. I'm a quarter Italian myself, but, uh, anyway... well, we can talk more about it later sometime, Bertha, okay? Like maybe tomorrow at lunch, alright? Okay?

BERTHA: Okay.

Bell rings. Charlie gets up.

CHARLIE: See you later, Bertha. See you 'round.

BERTHA: Bye, Charlie...

Charlie leaves.

BERTHA: ...See you 'round.

Lights out.

CHARLIE: Bueno... por ejemplo, como... para días como hoy. Cuando quieres conocer a alguien que... que nunca has conocido antes... que te gustaría conocer... Las palabras son una forma de hacerlo. *(Se acerca a su oído)* Capisci?

BERTHA: *(Creyendo que ha estornudado)* Salute.

CHARLIE: Epa, ¡hablas un poquito de italiano también, Bertha! Es genial... realmente genial. Yo soy una cuarta parte italiano pero eh, bueno, de todas maneras... podemos seguir hablando en otro momento Bertha, ¿si? Como mañana en el almuerzo, ¿vale?

BERTHA: Vale.

Suena el timbre. Charlie se levanta.

CHARLIE: Hasta luego, Bertha. Nos vemos.

BERTHA: Adiós, Charlie...

Charlie se va.

BERTHA: ...Nos vemos.

Se apagan las luces.

SCENE TWO: "VOYAGES"

The next day.

Bertha is eating lunch. Charlie is reading Webster's Dictionary.

BERTHA: Charlie?

CHARLIE: What?

BERTHA: What did we talk about?

CHARLIE: When?

BERTHA: All those weeks... before you knew me.

CHARLIE: Oh, then. Well, um... we talked about many things... many, many things...for instance... about your long journey... overseas.

BERTHA: Where overseas?

CHARLIE: *(Thinking)* Well, to several places... Indonesia... Bali... but mostly to a certain tropical rain forest South of Fiji. There, you only ate derelict penguins shipped from the Northernmost territories of the Antarctic.

BERTHA: Why only penguins? Penguins are cute.

ESCENA DOS: "VIAJES"

Es el día siguiente.

Bertha está almorzando y Charlie leyendo el diccionario Webster.

BERTHA: ¿Charlie?

CHARLIE: ¿Qué?

BERTHA: ¿De qué hablamos?

CHARLIE: ¿Cuándo?

BERTHA: Todas esas semanas... antes de que me conocieras.

CHARLIE: Ah, entonces. Bueno, eh... hablamos de muchas cosas... muchas muchas cosas... por ejemplo... acerca de tu largo viaje... de ultramar.

BERTHA: ¿A dónde?

CHARLIE: *(Pensando)* Bueno, a varios lugares... Indonesia... Bali... pero más que nada a una selva tropical al sur de Fiji. Allí solo comías pingüinos vagabundos que habían sido enviados desde los territorios más nórdicos de Antártica.

BERTHA: ¿Por qué solo pingüinos? Los pingüinos son lindos.

CHARLIE: Yes, I know. But these were derelict penguins... trouble-makers. Broke all sorts of penguin rules and were a menace to penguin society at large.

BERTHA: *(Not believing him)* I never heard of that, Charlie.

CHARLIE: Watch Wild Kingdom sometime.

BERTHA: I do watch Watch Kingdom.

CHARLIE: *(Ignoring her)* In the rain forest, see, you need a certain amount of a very special protein in order to survive... And it's only found in penguin meat...in a certain special chemical that's been built up in their bones over centuries of time—

BERTHA: Why did it build up in their bones?

CHARLIE: Well... from having lived for so long in the Arctic, so far North and... under such... harsh conditions. Special chemicals always build up that way.

BERTHA: Yeah?

CHARLIE: Yeah.

BERTHA: That's the way special things build up? Under harsh conditions?

CHARLIE: Si, ya lo sé. Pero estos eran pingüinos vagabundos... que ocasionaban problemas. Quebraban todo tipo de reglas de pingüinos y eran una amenaza para el conjunto de la sociedad de los pingüinos.

BERTHA: *(Incrédula)* Nunca escuché eso, Charlie.

CHARLIE: Mira "Reino Animal" cuando puedas.

BERTHA: Si miro "Reino Animal."

CHARLIE: *(Ignorándola)* Mira, en la selva tropical necesitas una cantidad de proteína muy especial para sobrevivir... y solo la encuentras en la carne de pingüino... en un químico particular que se ha desarrollado en sus huesos a lo largo de los siglos—

BERTHA: ¿Por qué se desarrolló en sus huesos?

CHARLIE: Bueno... por el hecho de haber vivido tanto tiempo en el ártico, tan al norte y... bajo tan duras condiciones. Los químicos especiales siempre se desarrollan de ese modo.

BERTHA: ¿Si?

CHARLIE: Si.

BERTHA: ¿Es ese el modo en el que se desarrollan las cosas especiales? ¿Bajo duras condiciones?

CHARLIE: Yes, under very harsh conditions...
During hardships.

BERTHA: Oh. *(Pause)* This story isn't true.

CHARLIE: *(Getting frustrated)* Bertha, you wanted
to know what we talked about in our previous
conversations, and you asked me to tell you so I
think the least you can do is listen and think about
it! Especially since you're the one having trouble
remembering!

BERTHA: It's not my fault I can't remember!

CHARLIE: You just don't want to remember.
It's laziness.

BERTHA: It's not laziness, Charlie! It's that you're
insane! You make up these stories in your head
and then when I don't know about them, I'm
supposed to be stupid! That's not fair, Charlie!
That's not very nice! You're just crazy, and I don't
want to be your friend anymore if you're going to
treat me like that!

CHARLIE: Bertha, you're missing the whole point!

BERTHA: What point?

CHARLIE: About the penguins, see—

CHARLIE: Si, bajo condiciones extremas... De privaciones.

BERTHA: Ah. *(Pausa)* Esta historia no es verdadera.

CHARLIE: *(Frustrándose)* Bertha, querías saber de qué habíamos hablado en nuestras conversaciones previas y me pediste que te dijera así que creo que lo mínimo que puedes hacer es escuchar y pensar. ¡Especialmente dado que eres tú la que no se acuerda bien!

BERTHA: ¡No es mi culpa que no pueda recordar!

CHARLIE: Es que no quieres recordar. Es pereza.

BERTHA: ¡No es pereza, Charlie! ¡Es que estás loco! Inventas las historias en tu cabeza y luego cuando no estoy segura se supone que yo soy estúpida. ¡No es justo, Charlie! ¡No es muy amable de tu parte! ¡Simplemente estás loco y yo no quiero seguir siendo tu amiga si me vas a tratar de ese modo!

CHARLIE: ¡Bertha, es que no entiendes de que se trata!

BERTHA: ¿De qué se trata?

CHARLIE: De los pingüinos, mira—

BERTHA: Charlie!

CHARLIE: What?

BERTHA: You can't just go back to talking about the penguins now!

CHARLIE: Why not?

BERTHA: Because I'm fighting with you!

CHARLIE: (*Matter-of-factly*) We're not fighting, Bertha. You're having a memory problem, and I'm straightening you out.

BERTHA: Right, Charlie. I'm leaving. You're really out of control!

CHARLIE: Bertha! Wait!

BERTHA: No!

CHARLIE: Okay, so maybe we didn't talk about this stuff... Maybe we didn't talk about it at all. We talked about other stuff, okay?

BERTHA: Like what?

CHARLIE: Like... about why you eat alone on the playground every day... even though you're actually the most popular girl in school...

BERTHA: ¡Charlie!

CHARLIE: ¿Qué?

BERTHA: ¡No puedes volver a hablar de los pingüinos ahora!

CHARLIE: ¿Por qué no?

BERTHA: ¡Porque estamos peleando!

CHARLIE: *(Concreto)* No estamos peleando, Bertha. Estás teniendo un problema de memoria y te estoy enderezando .

BERTHA: Claro, Charlie. Me voy. ¡Te has pasado de la raya!

CHARLIE: ¡Bertha! ¡Espera!

BERTHA: ¡No!

CHARLIE: Okay, quizás no hablamos de ese tema... para nada. Hablamos acerca de otra cosa, ¿si?

BERTHA: ¿Cómo qué?

CHARLIE: Como... por qué comes sola a cada día en el patio del recreo... aún cuando eres la chica más popular de la escuela...

BERTHA: (*Shocked*) We did? We said that?

CHARLIE: Yes, you told me that you chose to eat alone, because... (*Making it up as he goes*) ...no one here is smart enough to carry on a conversation at the level of intelligence you require.

BERTHA: (*Amazed*) Really? ...And... what else... did I say?

CHARLIE: Oh, lots of things... that you had lived all over the world, in a hundred different cities... and you spoke a hundred different languages. Including Indonesian. And so nothing new ever scared you. You were never afraid to be new or to meet anyone new.

BERTHA: Charlie. This story isn't true, either.

CHARLIE: Sure it's true. There's a whole realm of possibility out there. You could become anything. You could become anything you want to.

Bertha stares at Charlie, dumbfounded.

CHARLIE: You just have to keep seeing what you want in your mind's eye. Keep seeing it, keep seeing it there. And ask your spirit guides for help, or something like that.

Bertha continues to stare.

BERTHA: *(Sorprendida)* ¿Si? ¿Dijimos eso?

CHARLIE: Si, me dijiste que escogías comer sola porque... *(Inventando a medida que cuenta la historia)* ...no hay nadie aquí con la suficiente inteligencia para conversar a tu nivel.

BERTHA: *(Asombrada)* ¿En serio? ...Y... ¿Qué más dije?

CHARLIE: Ah, muchas cosas... que habías vivido en todo el mundo, cientos de diferentes ciudades... y hablabas más de cien idiomas. Inclusive indonesio. Y que de este modo nada te asustaba. Nunca tenías miedo de ser nueva o de conocer a alguien nuevo.

BERTHA: Charlie. Esta historia tampoco es verdadera.

CHARLIE: Por supuesto que es verdadera. Existe un sinfín de posibilidades allí afuera. Podrías convertirte en cualquier cosa que quisieras.

Bertha mira fijamente a Charlie, estupefacta.

CHARLIE: Simplemente tienes que continuar viendo lo que quieres a través del ojo de tu mente. Continúa viéndolo, continúa viéndolo allí. Y pide a los espíritus que te guían por ayuda, o algo así.

Bertha continúa mirándolo fijo.

CHARLIE: Hey, don't look at me. I didn't make it up. I read it in one of my mom's self-help books. I'm pretty sure it works, though. It worked for my mom. That's how she got her dream job. She used to work for lawyers—now she's produce manager at Zabar's.

BERTHA: Wow.

CHARLIE: I know. She's much happier now. Those lawyers practically killed her. Now she gets to arrange apples and oranges all day. Plus we're eating a lot more fruits and vegtables. It's a much better deal all around.

BERTHA: My grandmother saw stuff in her mind's eye. All the time.

CHARLIE: What do you mean?

BERTHA: She just saw stuff. Invisible things. Gnomes. Fairies. Magic people.

CHARLIE: Could you?

BERTHA: No, but when she was around, I had a feeling that they were around, too. Now that she's gone, I don't think they know where to find me.

CHARLIE: Do you think she saw her spirit guides?

CHARLIE: Ey, no me mires a mí. Yo no lo inventé. Lo leí en uno de los libros de auto-ayuda de mi mamá. Estoy bastante seguro de que funciona, igual. Le funcionó a mi mamá. Así es como consiguió el trabajo de sus sueños. Solía trabajar para abogados—ahora es gerenta de producción en una tienda gourmet.

BERTHA: Guau.

CHARLIE: Ya sé. Está mucho más contenta ahora. Esos abogados casi la matan. Ahora puede arreglar manzanas y naranjas todo el día. Aparte estamos comiendo muchas más frutas y vegetales. Es un acuerdo mucho más conveniente en todo sentido.

BERTHA: Mi abuela veía cosas en el ojo de su mente. Todo el tiempo.

CHARLIE: ¿Qué quieres decir?

BERTHA: Que veía cosas. Cosas invisibles. Gnomos. Hadas. Gente mágica.

CHARLIE: ¿Tú también podías?

BERTHA: No, pero cuando ella estaba cerca, yo tenía la sensación de que ellos estaban cerca también. Ahora que se ha ido, creo que no saben dónde encontrarme.

CHARLIE: ¿Crees que veía a sus guías espirituales?

BERTHA: She saw everything. But finally, all the invisible things just took her away.

CHARLIE: They took her away?

BERTHA: She said she'd rather be with them than at home.

She pauses.

BERTHA: She said that if you were very, very quiet, you could hear them. You had to be really quiet, though, and wait to hear them. Wait and wait and wait.

CHARLIE: Bertha. Is that why you're so quiet? 'Cause you're waiting?

BERTHA: Maybe.

CHARLIE: Well... have you seen them yet?

BERTHA: Nope. I'm still waiting. Waiting for a little magic. *(Charlie just looks at her)* I know when they come and find me, it will be like my grandmother is back again. Like things are magical. And nothing is bad.

CHARLIE: You should travel in your mind. Bad things don't happen there.

BERTHA: They don't?

BERTHA: Lo veía todo. Pero al final, todas las cosas invisibles se la llevaron.

CHARLIE: ¿Se la llevaron?

BERTHA: Dijo que prefería estar con ellos antes que estar en casa.

Hace una pausa.

BERTHA: Dijo que si te estabas muy pero muy callado, era posible oírlos. Pero deberías estar muy callado y esperar. Esperar y esperar y esperar.

CHARLIE: Bertha. ¿Es por eso que eres tan callada? ¿Porque estás esperando?

BERTHA: Quizás.

CHARLIE: Bueno... ¿Y ya los has visto?

BERTHA: Nones. Aún espero. Espero un poquito de magia. *(Charlie simplemente la mira.)* Sé que cuando vengan a encontrarme, será como si mi abuela hubiera regresado. Como si las cosas fueran mágicas. Y nada fuera malo.

CHARLIE: Deberías viajar en tu mente. Allí nunca ocurren cosas malas.

BERTHA: ¿No?

CHARLIE: Not if you don't want them to.

A moment. Bertha takes this in.

BERTHA: Charlie. Is that why you talk all the time? About sailing to places like Indonesia?

CHARLIE: Maybe.

BERTHA: I see. *(Pause)* So... what were you telling me about those penguins?

CHARLIE: Huh?

BERTHA: The penguins... you know... the penguins in Indonesia? Or wherever it was?

CHARLIE: Oh. Oh yeah. *(Clears throat)* ...yes, of course, the penguins... uh, well, as I was saying...

BERTHA: Yes?

CHARLIE: Well... we spoke at great length all about your travels to Indo-china and then to the South Pacific...

BERTHA: Uh huh...

CHARLIE: ...all about how you crossed the Pacific ocean accompanied only by moonlight in a birch-bark canoe... and then you were shipwrecked—

CHARLIE: No si no lo quieres.

Un momento. Bertha lo asimila.

BERTHA: Charlie. ¿Es por eso que hablas todo el tiempo? ¿Acerca de navegar a lugares como Indonesia?

CHARLIE: Quizás.

BERTHA: Ya veo. *(Pausa)* Entonces... ¿qué es lo que me decías acerca de los pingüinos?

CHARLIE: ¿Eh?

BERTHA: Los pingüinos... ya sabes... ¿los pingüinos en Indonesia? ¿O donde fuera?

CHARLIE: Ah. Ah si. *(Aclara la garganta)* ...si, por supuesto, los pingüinos, este, como te estaba diciendo...

BERTHA: ¿Si?

CHARLIE: Bueno... hablamos largo y tendido acerca de tus viajes a Indochina y luego al Pacífico Sur...

BERTHA: Mhmm...

CHARLIE: ...acerca de cómo cruzaste el océano Pacífico con la sola compañía de la luz de luna en una canoa hecha de cortezas de abedul... y luego naufragaste—

BERTHA: *(Alarmed)* I was shipwrecked?

CHARLIE: —on your way to Bora-Bora, but you were miraculously saved by a strange tribe of cannibals—

BERTHA: *(Alarmed again)* Cannibals???

CHARLIE: *(Sensing her alarm)* —who decided not to eat you—

> *The lights begin to change and grow dim.*

BERTHA: Why didn't they eat me?

CHARLIE: Too skinny.

BERTHA: I am???

CHARLIE: Okay, because you were too fat—

BERTHA: Charlie!

CHARLIE: Well, what do you want? Okay, they wouldn't eat a kid with glasses, that's why. Like you shouldn't hit someone with glasses.

BERTHA: You shouldn't?

CHARLIE: No, haven't you ever heard that?

BERTHA: *(Asustada)* ¿Naufragué?

CHARLIE: —cuando ibas hacia Bora-Bora, pero fuiste milagrosamente salvada por una extraña tribu de caníbales—

BERTHA: *(Asustada nuevamente)* ¿¿Caníbales???

CHARLIE: *(Sintiendo su temor)* —quienes decidieron no comerte—

Las luces comienzan a cambiar y atenuarse.

BERTHA: ¿Por qué no me comieron?

CHARLIE: Muy flaquita.

BERTHA: ¿¿Lo soy???

CHARLIE: Tá bien, porque estabas muy gorda—

BERTHA: ¡Charlie!

CHARLIE: Bueno, ¿qué quieres que te diga? Okay, no comerían un niño con lentes, esa es la razón. Del mismo modo en que nunca deberías golpear a alguien con lentes.

BERTHA: ¿Ah, no?

CHARLIE: No, ¿nunca escuchaste eso?

Salsa music plays, softly.

Pink, enters, frantic.

As Pink enters, the lights change; they become colorful, mysterious, strange, ominous—as if her mere presence possesses the power to alter the atmosphere around her.

Pink looks around as if someone is after her.

Pink runs, ducks, hides, covers her head, peeks out as if she's a spy in a movie—then runs, ducks, hides again—and again, and again. Bertha and Charlie watch, fascinated. Finally, Pink notices Bertha and Charlie, and runs over to them on tip-toe, hiding the lower part of her face with a fan.

SCENE THREE: "PINK"

PINK: *(Stage-whisper, to Bertha)* You haven't seen any gypsies around here, have you?

BERTHA: Gypsies?

PINK: Yeah, gypsies! Gypsies! Don't you know what gypsies are?

BERTHA: Well, I, uh—

Se escucha bajito el sonido de música de salsa.

Pink, una frenética chica paranoica, entra.
Mira a su alrededor como si alguien la estuviera
siguiendo. Su estilo de vestimenta y joyería es
alocado, funky y fantástico.

En cuanto Pink entra, las luces cambian;
se vuelven coloridas, misteriosas, extrañas,
inquietantes—como si su sola presencia tuviera
el poder de alterar la atmósfera a su alrededor.

Pink corre, se agacha, se esconde, cubre su
cabeza, se asoma como si fuera una espía en
una película—luego corre, se agacha, se esconde
otra vez—y otra vez, y una vez más. Bertha y
Charlie la miran, fascinados. Finalmente, Pink
ve a Bertha y Charlie y corre hacia ellos, en
puntitas de pie, cubriendo la parte inferior de su
rostro con un abanico.

ESCENA TRES: "PINK"

PINK: *(Susurro audible, a Bertha)* ¿No has visto
gitanos por ahí, no??

BERTHA: ¿Gitanos?

PINK: Si, gitanos ¡Gitanos! ¿No sabes lo que son
los gitanos?

BERTHA: Bueno, este—

PINK: Well, have you or haven't you?

BERTHA: Well, I don't think so.

PINK: What do you mean you don't think so? Have you or haven't you? This is important!

CHARLIE: Who wants to know?

PINK: Pink.

CHARLIE: What's pink?

PINK: I'm Pink.

CHARLIE: You don't look pink.

PINK: No, no...my name. My name is Pink.

CHARLIE: Your name is Pink?

PINK: Yesseree, Bob.

CHARLIE: No. I'm Charlie. My name is Charlie, and this here is Bertha.

PINK: Pleased to meet your acquaintance... So have you seen any gypsies, or haven't you?

CHARLIE: Well, Pink, it just so happens you're looking at one.

PINK: Bueno, ¿sabes o no sabes?

BERTHA: Creo que no.

PINK: ¿Cómo qué crees que no? ¿Si o no? ¡Esto es importante!

CHARLIE: ¿Quién quiere saber?

PINK: Pink.

CHARLIE: ¿Qué es pink?

PINK: Yo soy Pink.

CHARLIE: Pink es rosa en inglés, no pareces muy rosada.

PINK: No, no... mi nombre. Mi nombre es Pink.

CHARLIE: ¿Tu nombre es Pink?

PINK: Seguro, Arturo.

CHARLIE: No. Yo soy Charlie. Mi nombre es Charlie y ella es Bertha.

PINK: Encantada de conocerlos. Entonces, ¿no han visto gitanos, o si?

CHARLIE: Bueno, Pink, en este momento estás hablando con uno.

BERTHA: Charlie, I didn't know you were a gypsy!

CHARLIE: Just a quarter on my mother's side.
We don't talk about it much.

BERTHA: Why are you looking for gypsies, Pink?

PINK: I'm not looking for them. They're looking
for me. I can't really talk now. I just got here.
Drove all the way in my father's Cadillac. Do you
know what that does to your back?

BERTHA: You drove a car?

PINK: '67 Caddy. It's a sight to see.

BERTHA: Your dad lets you drive?

PINK: My dad doesn't let me do anything. I stole
the dang car.

BERTHA: You stole it?

PINK: Well, of course I stole it. How do you think
you get anything in this life?

CHARLIE: How can you see over the dashboard?

PINK: I sit on a couple of phone books. The Texas
phone book is really fat, you know.

BERTHA: Charlie, ¡No sabía que eres gitano!

CHARLIE: Solo una cuarta parte, por el lado de mi madre. No hablamos mucho de eso.

BERTHA: ¿Por qué estás buscando gitanos, Pink?

PINK: No los estoy buscando. Ellos me buscan a mí. Ahora no puedo hablar. Acabo de llegar. Manejé desde lejos en el Cadillac de mi padre. ¿Saben cuán malo es eso para tu espalda?

BERTHA: ¿Condujiste un coche?

PINK: Un Cadillac del '67. Un regalo para la vista.

BERTHA: ¿Y tu papá te deja conducirlo?

PINK: Mi papá no me deja hacer nada. Me robé el maldito coche.

BERTHA: ¿Lo robaste?

PINK: Por supuesto. ¿De qué otro modo se consiguen las cosas en esta vida?

CHARLIE: ¿Cómo puedes ver por encima del tablero?

PINK: Me siento sobre un par de directorios telefónicos. El de Texas es bien gordo, no se si sabían.

CHARLIE: So you drove from Texas?

PINK: Just north of the border. My dad's a gambler.

CHARLIE: Gambles in Vegas, eh?

PINK: In Río, to be precise. Look, my eyes are sore, I've got a terrible sunburn, my fingers are blistered from clutching the wheel... do you mind of I sit down?

BERTHA: How could you leave your dad behind?

PINK: I couldn't help it. The Feds got him. Locked him up and threw away the key. Truthfully speaking, it's a bad situation. A very bad, bad situation. I can't even talk about it. I had to sneak through immigration. Wore a pair of dark sunglasses and a Groucho Marx disguise. Used sign language and pretended to be deaf. It was terrifying, simply terrifying. This is the first stop I've made since I crossed the border. I figured I could sneak into this school and get a hot lunch.

BERTHA: You ate hot lunch?

PINK: First thing I've eaten in days. I was afraid to stop. There's a warrant out for my arrest. The gypsies own me.

CHARLIE: ¿Entonces condujiste desde Texas?

PINK: Solo desde el sur de la frontera. Mi papá es un apostador.

CHARLIE: ¿Juega en México, eh?

PINK: En Río, para ser más precisa. Mira, mis ojos están hinchados, tengo una terrible quemadura de sol, mis dedos están ampollados por apretar el volante... ¿les molesta si me siento?

BERTHA: ¿Cómo pudiste abandonar a tu papá?

PINK: No pude evitarlo. Lo atraparon los Federales. Lo encerraron y tiraron la llave. En rigor de verdad, es una mala situación. Una muy, muy mala situación. Ni siquiera puedo hablar al respecto. Tuve que colarme por migración. Me puse un par de lentes negros y un disfraz de Cantinflas. Usé lenguaje de señas y pretendí estar sorda. Fue aterrador, simplemente aterrador. Esta es la primera parada que hago desde que crucé la frontera. Supuse que podría colarme en la escuela y comer gratis en la cafetería.

BERTHA: ¿Si pudiste comer en la cafetería?

PINK: Lo primero que he comido en días. Tenía miedo de parar. Hay un pedido de captura sobre mí. Los gitanos son mis dueños.

BERTHA: *(Enthralled)* The gypsies own you?

PINK: Yeah, my dad gave me away to them as collateral when one of his deals went bust. Sold me to be some magician's assistant. I couldn't stand it. Getting cut in half all day. Standing on stage in a tutu with a big grin plastered on my face. I ran away a hundred times. Whenever they caught me, they stuck cactus needles in my hands and feet... You have any idea what that feels like, all those thorns? I packed it up. Hot-wired the Caddy. Now I'm here. You have to be daring or you die.

CHARLIE: So... you're on the lam.

PINK: That's right, Buster. So, have you seen 'em, or not?

BERTHA: Who?

PINK: *(Exploding)* The gypsies, the gypsies, goddammit! I've gotta shake 'em this time! I can't take much more! My wild days are over!

CHARLIE: Why don't you stay a while?

BERTHA: Put your feet up.

CHARLIE: Take a load off.

BERTHA: *(Cautivada)* ¿Los gitanos son tus dueños?

PINK: Si, mi papá me entregó como garantía cuando uno de sus tratos se fue al diablo. Me vendió para que fuera asistente de mago. No lo soportaba. Todo el día siendo cortada a la mitad. Parada en el escenario con un tutú y una gran sonrisa estampada en mi rostro. Me escapé cientos de veces. Cuando me atrapaban, me insertaban agujas de cactus en mis manos y mis pies... ¿Saben cómo se siente, todas esas espinas? Hice las maletas. Conecté los cables del Cadillac. Ahora estoy aquí. Tienes que ser audaz o te mueres.

CHARLIE: Entonces... ¿todavía estás dándote a la fuga, no?

PINK: Correcto, muchacho. Entonces, ¿los han visto o no?

BERTHA: ¿A quiénes?

PINK: *(Explotando)* ¡A los gitanos, los gitanos, maldición! ¡Esta vez tengo que sacármelos de encima! ¡No puedo soportar mucho más! ¡Mis días de locura están llegando a su fin!

CHARLIE: ¿Por qué no te quedas aquí un rato?

BERTHA: Relájate.

CHARLIE: Sácate un peso de encima.

BERTHA: Hang your hat up.

Pause.

CHARLIE: It's a figure of speech.

Sitting down next to them, ladylike.

PINK: If you insist.

Salsa music fades.

Pink dabs her forehead with hanky, fans herself.

Lights shift, turn colorful, eerie, neon, magical.

SCENE FOUR: "GYPSY SPELL"

BERTHA: We insist.

CHARLIE: Where are you staying, Pink?

PINK: I just live in the Cadillac. But once in a while I splurge and stay at Motel 6.

BERTHA: But how do you get money for that?

PINK: I make jewelry out of dried fruits and raisins and sell it by the side of the road. And once in a while I get a gig doing a manicure.

BERTHA: Sácate las botas.

Pausa.

CHARLIE: Es una figura retórica.

PINK: *(Sentándose a su lado, muy femenina)* Si insisten.

La música de salsa se difumina.

Pink frota su frente con su pañuelo, se abanica.

Las luces cambian, se hacen más coloridas, inquietantes, color neón, mágicas.

ESCENA CUATRO: "HECHIZO GITANO"

BERTHA: Insistimos.

CHARLIE: ¿Dónde te alojas, Pink?

PINK: Vivo en el Cadillac. Pero una vez a la semana derrocho y me quedo en un Motel 6.

BERTHA: ¿Y como consigues el dinero para eso?

PINK: Hago joyería con frutas disecadas y pasas y la vendo al costado de la calle. Y de vez en cuando consigo un curro haciendo manicura.

BERTHA: You do manicures? How did you learn to do that?

PINK: Anyone can put polish on a fingernail. It's a big scam. No one should ever pay anyone to polish their nails. *(Pause)* I also tell fortunes.

BERTHA: Maybe we should hide you somewhere.

PINK: Hide me from the gypsies?

CHARLIE: What about the Cadillac?

PINK: Don't worry about it. It's safely parked in a driveway. I just hope the gypsies don't recognize it. I can barely think about my days with the gypsies. Too painful. Terrible. You can't begin to imagine.

> *Pink pulls out a hanky and cries dramatically. Charlie and Bertha try to comfort her.*

BERTHA: Pink, Pink, please...! *(Pink cries harder)* Pink...! Pink, please...please don't cry. *(Pink stops crying as abruptly as she started and wipe her tears with the hanky)* Are you okay?

> *Pink nods, still intense with emotion.*

CHARLIE: We were worried about you for a minute there.

BERTHA: ¿Tú haces manicura? ¿Y como aprendiste?

PINK: Cualquier tonto puede aplicar esmalte sobre una uña. Es un gran escándalo. Nadie debería pagar para que pinten sus uñas. *(Pausa)* También digo la suerte.

BERTHA: Quizás debiéramos esconderte en alguna parte.

PINK: ¿Esconderme de los gitanos?

CHARLIE: ¿Y qué pasará con el Cadillac?

PINK: No te preocupes. Está estacionado y seguro en una entrada de vehículos. Solo espero que los gitanos no lo reconozcan. No quiero ni pensar en mis días con los gitanos. Me causa mucho dolor. Fue terrible. No pueden ni imaginárselo.

> *Pink saca un pañuelo y llora dramáticamente.*
> *Charlie y Bertha intentan consolarla.*

BERTHA: ¡Pink, Pink, por favor...! *(Pink llora aún más fuerte.)* ¡Pink...! Pink, por favor... por favor no llores. *(Pink deja de llorar casi tan abruptamente como había comenzado y se limpia las lágrimas con su pañuelo.)* ¿Estás bien?

> *Pink asiente, aún muy emocionada.*

CHARLIE: Por un minuto nos preocupaste.

PINK: *(Barely able to compose herself)* Thank you. Thank you for your kindness.

CHARLIE: Man.

BERTHA: Man.

CHARLIE: We have to do something about those gypsies. They're tearing you apart.

BERTHA: I agree.

PINK: Could you?

CHARLIE: We have to.

BERTHA: But what could we do?

CHARLIE: We could fight them on the information superhighway. Use computers.

PINK: Gypsies don't have computers. They travel too much.

CHARLIE: Not even laptops?

PINK: Nope. They don't even have typewriters or pencils. Everything's passed on through stories and drawings. And magic spells.

CHARLIE: That's it!

PINK: *(Apenas recomponiéndose)* Gracias. Gracias por su amabilidad.

CHARLIE: Qué fuerte.

BERTHA: Qué fuerte.

CHARLIE: Tenemos que hacer algo con esos gitanos. Estás desconsolada.

BERTHA: Estoy de acuerdo.

PINK: ¿Podrían hacer algo?

CHARLIE: Tenemos que hacer algo.

BERTHA: ¿Pero qué podríamos hacer?

CHARLIE: Podríamos darles pelea en la avenida de la información. Usar computadoras.

PINK: Pero los gitanos no usan computadoras. Viajan mucho.

CHARLIE: ¿Ni siquiera computadoras portátiles?

PINK: Nola. Ni siquiera tienen máquinas de escribir o lápices. Todo ha sido pasado de generación en generación a través de historias y dibujos. Y hechizos mágicos.

CHARLIE: ¡Ahí está!

PINK: What's it?

CHARLIE: That's how we'll get to those gypsies! We'll cast a magic spell.

PINK: But I don't know any magic spells.

CHARLIE: Not even from when you were a magician's assistant?

PINK: Naw. I was more of an ornament than anything else.

CHARLIE: Hmph.

> *Pause.*

BERTHA: I believe I can remember a spell or two.

CHARLIE & PINK: *(in unison)* You do?

BERTHA: Yes. One I learned when I lived in Indonesia. When I was in total isolation. A Polynesian wind spirit taught me how.

PINK: You've got to cast it now! Before they get here and find me.

BERTHA: Okay, hold on. I have to remember.

PINK: ¿Qué está?

CHARLIE: ¡Así es como vamos a ganarle a esos gitanos! Vamos a hacerles un hechizo mágico.

PINK: Pero yo no sé ningún hechizo mágico.

CHARLIE: ¿No recuerdas ninguno de cuando eras la asistente del mago?

PINK: Nooo. Era más un objeto decorativo que otra cosa.

 CHARLIE: Ahhh.

 Pausa.

BERTHA: Creo poder recordar uno o dos hechizos.

CHARLIE & PINK: ¿Si?

BERTHA: Si. Aprendí uno cuando vivía en Indonesia. Cuando estaba en aislamiento completo. Me lo enseñó un espíritu de viento polinesio.

PINK: ¡Tienes que hechizarlos ahora! Antes de que me encuentren.

BERTHA: Está bien. Un momento, tengo que recordar.

PINK: Hurry. I can sense the gypsies on their way. It won't be too long now. I can feel it.

BERTHA: Don't panic. Just give me a moment.

> *Bertha closes her eyes and puts her hands over her head and tilts her head back. A moment or two passes like that.*

PINK: What is she doing?

CHARLIE: She's concentrating.

> *Bertha mumbles something inaudible with her eyes still closed.*

PINK: What is she saying?

CHARLIE: *(Making it up)* She's... invoking the Polynesian spirit guides.

> *Bertha continues to mumble, opens arms wide.*

PINK: What's she doing now?

CHARLIE: I... believe she's receiving guidance from the wind.

> *Bertha makes a loud high-pitched sound.*

PINK: Now what? Now what?

PINK: Rápido. Siento que los gitanos están en camino. No podemos esperar mucho. Puedo sentirlo.

BERTHA: No desesperes. Dame un minuto.

> *Bertha cierra sus ojos y pone sus manos sobre su cabeza y la echa hacia atrás. Transcurre un momento en esta posición.*

PINK: ¿Qué está haciendo?

CHARLIE: Se está concentrando.

> *Bertha murmura algo inaudible con sus ojos aún cerrados.*

PINK: ¿Qué está diciendo?

CHARLIE: *(Inventando)* Está... invocando a los espíritus polinesios para que la guíen.

> *Bertha continúa murmurando, ahora abre sus brazos, bien separados el uno del otro.*

PINK: ¿Ahora qué hace?

CHARLIE: Creo... creo que está recibiendo orientación del viento.

> *Bertha emite un fuerte sonido agudo.*

PINK: ¿Ahora qué? ¿Y ahora qué?

CHARLIE: I think we're supposed to howl, too.

Charlie and Pink begin to howl with Bertha. This continues for some time. They move in a kind of dance, getting louder and louder.

BERTHA: *(Suddenly)* All freeze!

They all freeze.

BERTHA: They're here!

CHARLIE: Prepare for battle!

They run frantically in different directions to various hiding places.

Tiny enters, still holding her basketball. She is small physically, but her presence is enormous. She is feisty, but she means well.

TINY: What the hell is going on here?

CHARLIE: Tiny!

TINY: Mrs. Markowitz told me to tell you guys to keep it down over here. She's in a rotten mood. There's an unidentified Cadillac blocking the driveway so she couldn't make her lunch date.

CHARLIE: *(To Pink)* You parked in the school driveway?

CHARLIE: Creo que nosotros también tenemos que aullar.

> *Charlie y Pink comienzan a aullar junto con Bertha. Esto continúa por un tiempo. Se mueven en una danza no identificada, aullando cada vez más fuerte.*

BERTHA: *(De repente)* ¡Quietos! Todos se detienen.

BERTHA: ¡Están aquí!

CHARLIE: ¡Prepárense para dar pelea!

> *Corren frenéticamente en distintas direcciones para ocultarse.*

> *Pequeñita entra, aún con la pelota de baloncesto en sus manos. Es pequeña físicamente, pero tiene una enorme presencia. Es peleadora, pero tiene buenas intenciones.*

PEQUEÑITA: ¿Qué diablos pasa aquí?

CHARLIE: ¡Pequeñita!

PEQUEÑITA: La Srta. Amado me envió para que les pidiera silencio. Está de un humor de perros. Hay un Cadillac sin identificar bloqueando la salida de la escuela entonces no pudo ir a su cita para almorzar.

CHARLIE: *(A Pink)* ¿Estacionaste en la entrada de la escuela?

TINY: *(Recognizing Pink)* Hey! Didn't you come to my house the other day and do my mom's nails?

CHARLIE: *(To Tiny)* You know Pink?

PINK: We've met.

TINY: My mom's nails all broke and the polish peeled off. She said she wants a refund.

PINK: I can't help it if your mom isn't delicate with her hands.

CHARLIE: Dammit, Tiny, we're in the middle of something important here and you're throwing the whole thing off. I'll re-do your mother's nails personally if you'll just beat it.

TINY: Well, whatever it is you were doing, keep the volume down. Or you're all going to the principal's office.

> *Tiny exits.*

> *A moment. All look around.*

CHARLIE: It worked.

PINK: How do you know?

PEQUEÑITA: *(Reconociendo a Pink)* ¡Ey! ¿No viniste el otro día a la casa de mi mamá, a hacer su manicura?

CHARLIE: *(A Pequeñita)* ¿Conoces a Pink?

PINK: Ya nos hemos conocido.

PEQUEÑITA: Las uñas de mi mamá se rompieron todas y el esmalte se salió. Dice que quiere un reembolso.

PINK: No es mi culpa si tu mamá no es más cuidadosa con sus manos.

CHARLIE: Maldición, Pequeñita, estamos en el medio de algo importante y tú vienes con nimiedades. Le haré la manicura yo mismo a tu mamá si te largas.

PEQUEÑITA: Bueno, pero lo que sea que estén haciendo, bajen sus voces. O tendrán que ir a ver al director.

> *Pequeñita se va.*

> *Transcurre un momento. Miran a su alrededor.*

CHARLIE: Funcionó.

PINK: ¿Cómo lo sabes?

CHARLIE: Do you see any gypsies? Besides me, I mean.

PINK: I can't say I do.

BERTHA: *(To Pink)* What will you do now? Now that you're out of danger?

PINK: I guess I should go back and rescue my dad. The Feds locked him up and threw away the key. I just can't leave him to rot in that jail cell.

BERTHA: Yeah.

CHARLIE: Yeah.

PINK: It'll be hard.

CHARLIE: Can you put it off?

PINK: Not really. I should go. Besides, my car's blocking the school driveway. Your teacher'll never get married if she can't go out on lunch dates.

BERTHA: I suppose you have a point. But be careful.

PINK: I will.

CHARLIE: You know where we are in case you ever need to find us.

CHARLIE: ¿Ves algún gitano? Aparte de mí, quiero decir.

PINK: No me parece.

BERTHA: *(A Pink)* ¿Qué harás ahora? ¿Ahora que estás fuera de peligro?

PINK: Supongo que debo ir a rescatar a mi papá. Los federales lo encerraron y tiraron la llave. No puedo dejar que se pudra en la cárcel.

BERTHA: Simón.

CHARLIE: Simón.

PINK: Va a ser difícil.

CHARLIE: ¿No puedes hacerlo más tarde?

PINK: No. Debería irme. Aparte, mi coche está bloqueando la entrada de la escuela. Su profesora nunca se casará si no puede acudir a sus citas de almuerzo.

BERTHA: Supongo que tienes razón. Pero ten cuidado.

PINK: Lo tendré.

CHARLIE: Sabes donde estamos si alguna vez nos necesitas.

PINK: That's true. I'll always know where to find you.

Pink exits. Charlie and Bertha watch her go.

BERTHA: *(Excited)* Charlie. I feel like my grandma is back. I feel like I did when she was alive.

CHARLIE: What do you mean?

BERTHA: It's Pink. Pink's magic. There's magic in the air.

CHARLIE: You think she's magic?

BERTHA: She has to be. I feel totally different. Do you think she'll ever come back?

CHARLIE: I don't know. I hope so.

BERTHA: Let's be quiet and wait.

CHARLIE: We have to be totally quiet? Totally?

BERTHA: That's what my grandma said, Charlie. That's the way it's done.

CHARLIE: I don't know if I can do that.

BERTHA: Try, Charlie.

PINK: Es cierto. Siempre sabré donde encontrarlos.

Pink sale. Charlie y Bertha la ven alejarse.

BERTHA: *(Entusiasmada)* Charlie. Siento que mi abuela ha regresado. Me siento del mismo modo que me sentía cuando ella estaba viva.

CHARLIE: ¿Qué quieres decir?

BERTHA: Es Pink. La magia de Pink. Hay magia en el aire.

CHARLIE: ¿Crees que ella es mágica?

BERTHA: Tiene que serlo. Me siento completamente diferente. ¿Crees que alguna vez regrese?

CHARLIE: No lo sé. Espero que si.

BERTHA: Debemos estar callados y esperar.

CHARLIE: ¿Pero totalmente callados? ¿Del todo?

BERTHA: Es lo que mi abuela dijo, Charlie. Así es como se hace.

CHARLIE: No se si pueda hacerlo.

BERTHA: Intenta, Charlie.

CHARLIE: Okay.

BERTHA: *(Gently)* Try.

> *They sit with their eyes closed, very quietly, without moving.*

> *Lights change.*

SCENE FIVE: "BREAKDOWN"

> *Later.*

> *Charlie and Bertha still sit in silence.*

> *Pink enters hastily, out of breath.*

PINK: Hello, sportsfans.

BERTHA: Pink! What are you doing back?

PINK: Car broke down fifty miles outside of Toluca Lake. I was afraid to go on without my wheels so I hitched a ride back here. I'll have to try again tomorrow. Get a good night's rest and start fresh.

> *Charlie looks at his watch, confused.*

BERTHA: But what about your dad?

CHARLIE: Okay.

BERTHA: *(Amablemente)* Intenta.

> *Se sientan con sus ojos cerrados, muy callados, sin moverse.*

> *Las luces cambian.*

ESCENA CINCO: "CRISIS"

> *Un rato después. Charlie y Bertha están sentados, en silencio. Pink entra apresuradamente, sin aliento.*

PINK: Hola, amantes del deporte.

BERTHA: ¡Pink! ¿Qué haces otra vez aquí?

PINK: Mi coche se descompuso a unas cincuenta millas afuera del Lago Toluca. Tenía miedo de continuar sin ruedas así que hice dedo y me trajeron hasta aquí. Tendré que intentar otra vez mañana. Descansar bien esta noche y comenzar fresca.

> *Charlie mira la hora en su reloj.*

BERTHA: ¿Y qué de tu papá?

PINK: I can't stand to think of him wasting away in that jail cell. But with my car in the shop I have no other choice but to wait. It's too risky to make the trip without the green bomber.

CHARLIE: Keep the faith, Pink. Don't give up.

PINK: Never.

> *Pink salutes, runs off, leaving Bertha and Charlie staring after her, wide-eyed.*

BERTHA: She is—!

CHARLIE: She is—!

BERTHA: She's magic—

CHARLIE: She is—

BERTHA: Oh my God—

CHARLIE: She could never drive all that way—

BERTHA: —and then drive all the way back—

CHARLIE: —unless she flew—

BERTHA: —maybe she flew—

PINK: No puedo soportar la idea de que se consuma en esa cárcel. Pero con mi coche en el taller no tengo otra opción más que esperar. Es muy arriesgado hacer el viaje sin el "bombardero verde."

CHARLIE: Ten esperanzas, Pink. No te des por vencida.

PINK: Jamás.

Pink saluda, sale corriendo, mientras Bertha y Charlie la miran fijamente, con sus ojos bien abiertos.

BERTHA: Ella es–!

CHARLIE: Ella es–

BERTHA: Es mágica—

CHARLIE: Lo es—

BERTHA: Ay Dios mío—

CHARLIE: No hay forma en que pudiera conducir hasta allá —

BERTHA: —y regresar—

CHARLIE: —a menos que haya volado—

BERTHA: —quizás voló—

CHARLIE: She's magic. Definitely magic.

BERTHA: Pink's magic.

>*Pink re-enters, carrying an over-night bag.*

PINK: Don't tell anyone, but in this bag I have two million dollars' worth of solid gold. Bribe money for the jail guards when I get to Río.

>*The Woman enters, slightly out of breath, in a hurry. She carries a purse and car keys.*

WOMAN: *(To Pink)* Come on, Nancy, let's go. Oh, good, you found your bag.

>*A horrible moment. Charlie and Bertha stare at Pink. Pink stares at The Woman. The Woman stares at Pink. Charlie and Bertha stare at The Woman.*

WOMAN: *(To Pink)* I hope you packed everything you're gonna need, 'cause I don't have time to stop back at home, Nance.

PINK: *(To Charlie and Bertha)* If I don't surrender now, it'll just be worse later. I've been through this before.

WOMAN: Nancy, let's go. I've got the car blocking the driveway and no one can get by.

CHARLIE: Es mágica. Definitivamente mágica.

BERTHA: La magia de Pink.

> *Pink vuelve a entrar, cargando un bolso para pasar la noche.*

PINK: No le digan a nadie, pero en esta bolsa tengo dos millones de dólares de oro sólido. Dinero para comprar a los guardias de la cárcel cuando llegue a Río.

> *La Mujer entra, casi sin aliento, con prisa. Tiene una bolsa y unas llaves de coche.*

MUJER: *(A Pink)* Vamos, María José, nos vamos. Ah, bien, encontraste tu bolsa.

> *Un momento horrible. Charlie y Bertha miran a Pink. Pink mira a la Mujer. La Mujer mira a Pink. Charlie y Bertha miran a la Mujer.*

MUJER: *(A Pink)* Espero que hayas empacado todo lo necesario, porque no tengo tiempo de parar en casa, Majo.

PINK: *(A Charlie y Bertha)* Si no me doy por vencida ahora, luego será peor. Ya he pasado por esto.

MUJER: Majo, vámonos. Estoy bloqueando la entrada de la escuela con mi coche.

PINK: *(Resigned)* They finally got me.

WOMAN: It took me forever to find you. No one at this school seems to know who you are! *(She puts her arm around Pink and starts to lead her away.)*

> *Without warning, Charlie leaps up and abruptly tackles The Woman to the ground.*

WOMAN: Aaagh...! Ow! Ooof...! What the—? Agh, oh, my God...! CUT THAT OUT! STOP IT! ST OP IT RIGHT NOOOOOOOOOOOOOOOW...!!!

CHARLIE: *(Still wrestling The Woman)* Run, Pink! Run while you still have the chance!

> *Bertha grabs Pink by the hand and pulls her offstage, running.*

CHARLIE: *(Pinning The Woman to the ground)* I see through you! I know what you're doing! Posing as Pink's mother...! Pink doesn't even have a mother! She does manicures for a living! She drives a Cadillac! She sells earrings made out of dried raisins by the side of the road! You've no right to even say you're her mother! I've never heard her even mention she had a mother!

WOMAN: GET OFF! GET OFF OF ME!! NOW!!!

CHARLIE: Imposter! Charlatan! Fraud! Rogue! Ruffian!

PINK: *(Resignada)* Finalmente me han atrapado.

MUJER: Me tomó un rato largo encontrarte. ¡Parece que en esta escuela nadie te conoce! *(Pone su brazo alrededor de Pink, y comienza a caminar.)*

> *Sin ninguna advertencia, Charlie da un salto y taclea a la Mujer al suelo.*

MUJER: ¡Aaay...! ¡Ay ay! ¡Uuuf...! ¿Qué—? ¡Ay, ay, Dios mío...! ¡YA PARA! ¡PARA PARA! ¡ PARA AHORA MISMOOOOOOOOOO!!

CHARLIE: *(Aún luchando con la mujer)* ¡Corre, Pink! ¡Corre mientras puedas!

> *Bertha toma a Pink de la mano y salen del escenario, corriendo.*

CHARLIE: *(Sujetando a la Mujer contra el suelo)* ¡Puedo ver a través suyo! Pretendiendo ser la madre de Pink...! ¡Pink ni siquiera tiene una madre! ¡Sobrevive haciendo manicura! ¡Conduce un Cadillac! Vende aretes hechos con pasas de uva al lado del camino. ¡Usted no tiene derecho a decir que es su madre! ¡Nunca la escuché decir que tuviera una madre!

MUJER: ¡SAL DE ENCIMA MIO! ¡SAL DE ENCIMA MIO!! ¡¡AHORA!!

CHARLIE: ¡Impostora! ¡Charlatana! ¡Falsa! ¡Granuja! ¡Bribona!

Woman finally manages to shake Charlie off.

WOMAN: Are you totally out of your mind?!?
What the hell do you think you're doing?

CHARLIE: Don't make another move.

WOMAN: What is going on here?!? This is insane!

> *Charlie paces in tight circles around The
> Woman, trapping her in one spot.*

WOMAN: Please. (*visibly upset.*) Oh, my God.
This is too much. This is not happening. I want
to know your name!

CHARLIE: Charlie. I'm Charlie. And you're the
gypsy queen.

> *A moment.*

WOMAN: Uh-huh. Well, Charlie, if I'm the gypsy
queen, would you mind telling me where you think
the gypsy princess went? 'Cause I've got twenty
more gypsy minutes to get back to the gypsy salon
and cut four more heads of gypsy hair. And I don't
want to lose my gypsy job. Y'understand?

CHARLIE: Good alibi.

WOMAN: Okay, kid, where'd she go?

Finalmente la Mujer consigue quitarse de encima a Charlie.

MUJER: ¿Estás completamente loco? ¿Qué diablos crees que estás haciendo?

CHARLIE: No se mueva.

MUJER: ¿¡Qué ocurre aquí?!? ¡Esto es una locura!

Charlie camina alrededor de ella, manteniéndola en el mismo lugar.

MUJER: Por favor. *(Visiblemente alterada.)* Ay, Dios mío. Esto es demasiado. No puede estar ocurriendo. ¡Quiero saber tu nombre!

CHARLIE: Charlie. Soy Charlie. Y usted es la reina de los gitanos.

Pausa brevísima.

MUJER: Ahá. Bueno, Charlie, si yo soy la reina de los gitanos, ¿te molestaría decirme a dónde fue la princesa de los gitanos? Porque tengo veinte gitanos minutos más para regresar al gitano salón y cortar cuatro cabezas más de gitano cabello. Y no quiero perder mi gitano trabajo. ¿Me entiendes?

CHARLIE: Buena coartada.

MUJER: Okay, chico, ¿Dónde se fue?

CHARLIE: I'll never tell. She's on the lam.

WOMAN: You can't be for real.

> *Woman makes a move to leave, but Charlie blocks her way.*

CHARLIE: You're not going anywhere.

WOMAN: *(Sighs)* I'll tell you what I'm gonna do.

CHARLIE: I should let you know right now... I can't be bought.

WOMAN: Well, that's good to know, 'cause I couldn't pay you very much anyway. *(She fluffs her hair back in place, an attempt to regain what's left of her dignity)* Just give Nancy the following message, will you?

CHARLIE: If you keep the code words to a minimum.

WOMAN: Tell her I'm going to get my car out of the school driveway. I'm going to double-park it out front by the crosswalk. And I'm going to wait five, maybe six minutes, tops. If I don't see her in the car by then, she will not be able to go to her dad's for the weekend. 'Cause I really don't have time for this.

CHARLIE: Nunca se lo diría. Se ha dado a la fuga.

MUJER: No puedes estar hablando en serio.

La mujer se mueve pero Charlie la bloquea.

CHARLIE: Usted no va a ningún lado.

MUJER: *(Suspira)* Te diré lo que voy a hacer.

CHARLIE: Debería avisarle desde este momento que...soy insobornable.

MUJER: Es bueno saberlo, porque de todos modos no podría pagarte mucho. *(Se acomoda su pelo hacia atrás e intenta recobrar lo que le queda de dignidad.)* Simplemente transmite a María José este mensaje, ¿lo harás?

CHARLIE: En tanto y en cuanto el mensaje cifrado sea breve.

MUJER: Dile que voy a sacar el coche de la entrada. Voy a estacionarlo en doble fila más adelante de la senda peatonal y voy a esperar cinco, o seis minutos, máximo. Si para ese entonces no viene, entonces no va a poder ir a la casa de su padre el fin de semana. Porque realmente no tengo tiempo para esto.

CHARLIE: She'll be in Río for the weekend. She's gotta rescue him from the Feds.

WOMAN: Who?

CHARLIE: The Feds.

WOMAN: No, who?

CHARLIE: Oh. Her dad, of course. They locked him up and threw away the key.

The Woman seems tired all of a sudden.

WOMAN: Well. I... just. Just tell her. Tell her we can talk about it in the car.

The Woman exits. Charlie stands there, watching her go.

Lights fade.

SCENE SIX: "TRANSFORMATION"

Another area of the playground. Pink and Bertha are crouched in hiding.

BERTHA: I guess my spell didn't work.

PINK: It was a good try. (*Pause*) Want to wear some of my beads?

CHARLIE: El fin de semana estará en Río. Lo tiene que rescatar de los Federales.

MUJER: ¿Quién?

CHARLIE: Los Federales.

MUJER: No, ¿a quién?

CHARLIE: Ah, a su papá, por supuesto, Lo encerraron y arrojaron la llave.

La mujer parece súbitamente cansada.

MUJER: Bueno, eh... simplemente. Simplemente dile. Dile que podemos hablar al respecto en el coche.

La Mujer sale. Charlie sigue parado, mirándola salir.

Las luces se atenúan.

ESCENA SEIS: "TRANSFORMACIÓN"

Otra zona del patio de recreo. Pink y Bertha están agachadas, escondiéndose.

BERTHA: Supongo que mi hechizo no funcionó.

PINK: Fue un buen intento. *(Pausa)* ¿Quieres usar alguna de mis cuentas?

BERTHA: Okay.

>*Pink takes one strand of many beads from around her neck and puts them on Bertha.*

PINK: Hey, you look pretty good in those. Here. Take some more. *(She steps back and looks at Bertha for a moment.)* Hey, I just got an idea.

>*Pink grabs her bag and rummages through it, pulls out powder and rouge.*

BERTHA: What are you doing?

>*Pink dabs Bertha with powder and rouge.*

BERTHA: Pink, you're crazy!

PINK: Hold still. *(She grabs a lipstick.)* Open wide. *(She applies lipstick to Bertha.)* Red is definitely your color. *(She hands Bertha a tissue.)* Now blot.

BERTHA: Red's my color?

PINK: Sure looks that way.

>*Pink takes Bertha's hair out of its ponytail and brushes it.*

BERTHA: What's yours?

PINK: What do you think?

BERTHA: Okay.

Pink toma una hebra de cuentas que están alrededor de su cuello y la pone alrededor del de Bertha.

PINK: Oye, te quedan muy bonitas. Aquí. Toma más. *(Retrocede y mira a Bertha.)* Oye, se me ocurrió una idea.

Toma su bolsa y hurga en ella, saca colorete y polvo.

BERTHA: ¿Qué haces?

Pink aplica colorete y polvo sobre Bertha.

BERTHA: ¡Pink, estás loca!

PINK: Estate quieta *(Saca un lápiz labial.)* Abre amplio. *(Le pone lápiz labial a Bertha.)* El rojo es definitivamente tu color. *(Le pasa a Bertha un papel tisú.)* Ahora seca tus labios.

BERTHA: ¿El rojo es mi color?

PINK: Sin lugar a dudas.

Pink suelta el pelo de Bertha y lo cepilla.

BERTHA: ¿Cuál es el tuyo?

PINK: ¿Qué te parece?

BERTHA & PINK: *(in unison)* ...Pink!

PINK: *(Digging through her bag)* And now, for the final touch... *(She produces an extravagant flowery hair clip, and clips it in Bertha's hair.)* ...Voila! *(hands mirror to Bertha.)* Well, what do you think?

BERTHA: Wow.

PINK: Incredible, huh?

BERTHA: Oh, wow...

PINK: You look great. Let's go show Charlie!

BERTHA: Pink, no...

PINK: Why not?

BERTHA: Well... what if Charlie doesn't like me this way?

PINK: Why wouldn't he?

BERTHA: I don't know. When he last saw me I was a completely different person.

PINK: So?

BERTHA: He might not even recognize me!

BERTHA & PINK: *(Al unísono)* ...¡Pink!

PINK: *(Revolviendo su bolsa)* Y ahora, para el toque final... *(Crea un broche de pelo con una flor exótica y lo abrocha en el pelo de Bertha)* ... ¡Voilá! *(Le pasa a Bertha un espejo.)* ¿Qué te parece?

BERTHA: Guau.

PINK: Increíble, ¿eh?

BERTHA: Ah, guau...

PINK: Te ves genial. ¡Vamos a mostrarle a Charlie!

BERTHA: Pink, no...

PINK: ¿Por qué no?

BERTHA: Bueno, ¿qué tal si a Charlie no le gusto de esta manera?...

PINK: ¿Por qué no le gustarías?

BERTHA: No lo sé. La última vez que me vio yo era una persona completamente diferente.

PINK: ¿Entonces?

BERTHA: ¡Quizás ni me reconozca!

PINK: That would be wild!

Pink grabs Bertha's hand, pulling her.

BERTHA: Pink, wait! Please! Let's wait! PINK!

PINK: What?

BERTHA: What about the gypsy?

PINK: What gypsy?

BERTHA: The... gypsy who Charlie captured...
or who captured Charlie.

PINK: Oh, her. She's probably gone by now.

Pink pulls Bertha offstage.

BERTHA: *(exiting offstage)* No.... Pink! No...!

Lights fade.

SCENE SEVEN: "RESPLENDENCE"

Several minutes later.

Charlie sits alone, a little despondent.

Pink rushes in, dragging Bertha by the hand.

PINK: ¡Eso sería una locura!

Pink toma a Bertha de la mano y la arrastra.

BERTHA: ¡Pink, espera! ¡Pink, por favor!
¡Esperemos! ¡PINK!

PINK: ¿Qué?

BERTHA: ¿Qué hay de la gitana?

PINK: ¿Cuál gitana?

BERTHA: La gitana que Charlie capturó—o que
capturó a Charlie.

PINK: Ah, ella. Probablemente ya se ha ido.

> *Las luces se atenúan mientras Pink arrastra*
> *a Bertha fuera del escenario.*

BERTHA: *(Desde afuera del scenario)* ¡No... Pink! ¡No!

> *Las luces se atenúan.*

ESCENA SIETE: "RESPLANDOR"

> *Pasados varios minutos. Charlie está sentado*
> *solo, un poco descorazonado. Pink entra*
> *rápidamente, arrastrando a Bertha de la mano.*

PINK: Well?

BERTHA: Well?

CHARLIE: Well? *(Noticing Bertha)* Oh, my God.

BERTHA: *(Covering face)* Oh, no...

PINK: *(To Charlie)* What do you think?

CHARLIE: Bertha? *(To Pink)* That's Bertha, right?

PINK: That's her.

CHARLIE: Bertha... you look... *(Bertha peeks out at Charlie)* ...resplendent.

PINK: *(To Bertha)* Is that good?

BERTHA: *(Grabbing Charlie's dictionary)* I'm not sure. Let me check. *(reads)* "...radiant, bright, shining, shiny, brilliant..."

PINK: *(Still not sure)* So he likes it, right?

BERTHA: Thanks, Charlie. That's real sweet of you.

PINK: *(Relieved)* He likes it.

BERTHA: Charlie, if it weren't for Pink, I wouldn't know that red is my color.

PINK: ¿Y?

BERTHA: ¿Y?

CHARLIE: ¿Y? *(Viendo a Bertha)* Ay, Dios mío.

BERTHA: *(Cubriendo su cara)* Ay, no...

PINK: *(A Charlie)* ¿Qué piensas?

CHARLIE: ¿Bertha? *(A Pink)* Es Bertha, ¿verdad?

PINK: Es ella.

CHARLIE: Bertha... te ves ... *(Bertha entremira a Charlie)* ....resplandeciente.

PINK: *(A Bertha)* ¿Eso es bueno?

BERTHA: *(Tomando el diccionario de Charlie)* No estoy segura. Dejame ver. *(Lee)* "...radiante, brillante, luminosa, lustrosa, reluciente..."

PINK: *(Aún dudando)* ¿Así que le gusta, no?
BERTHA: Gracias, Charlie. Es muy dulce de tu parte.

PINK: *(Aliviada)* Le gusta.

BERTHA: Charlie, si no fuera por Pink, no sabría que el rojo es mi color.

CHARLIE: Red is your color?

Bertha strikes a glamorous pose.

BERTHA: Sure looks that way!

The bell rings. They gather their books and bags. Pink starts to exit.

BERTHA: *(Touching the beads around her neck)* Pink! You better take these back!

PINK: Keep them! I have a hundred more at home.

BERTHA: Sure?

PINK: Sure!

BERTHA: Thanks, Pink!

CHARLIE: *(Remembering)* Oh, Pink!

PINK: What?

CHARLIE: Where are you going?

PINK: To Río!

CHARLIE: Pink... I think there's an... express flight to Río. You might want to catch it.

CHARLIE: ¿El rojo es tu color?

Bertha adopta una pose glamorosa.

BERTHA: ¡Sin lugar a dudas!

> *Suena el timbre. Recogen sus libros y bolsas.*
> *Pink comienza a irse.*

BERTHA: *(Tocando la cuentas alrededor de su cuello)* ¡Pink! ¡Te las tienes que llevar!

PINK: ¡Quédatelas! Tengo miles en mi casa.

BERTHA: ¿Segura?

PINK: ¡Segura!

BERTHA: ¡Gracias, Pink!

CHARLIE: *(Recordando)* ¡Ah, Pink!

PINK: ¿Qué?

CHARLIE: ¿A dónde vas?

PINK: ¡A Río!

CHARLIE: Pink... Creo que hay un vuelo directo a Río. Quizás quieras tomarlo.

PINK: What time?

CHARLIE: In the next two minutes. It leaves from the front entrance to the school. Right by the crosswalk. But you have to hurry or you'll miss it.

PINK: Is it a helicopter? Or just a regular plane?

CHARLIE: It's... it's a rocket ship.

PINK: Oh, my heavens! Whatever shall I do? I don't have a thing to wear!

CHARLIE: *(Motions urgently for her to go.)* Pink, it's leaving! It's leaving right now!

PINK: I'll send you a postcard!

> *Pink runs off, then turns back, salutes.*

PINK: To Río!

> *Pink exits.*

> *Charlie and Bertha look at one another. There is an awkward moment.*

BERTHA: Well... see you tomorrow, Charlie.

CHARLIE: Okay.

> *They start walking in different directions.*

PINK: ¿A qué hora?

CHARLIE: En los próximos dos minutos. Sale de la entrada de la escuela. Justo por la senda peatonal. Pero tienes que apurarte o lo vas a perder.

PINK: ¿Es un helicóptero? ¿O solamente un avión normal?

CHARLIE: Este... es una nave espacial.

PINK: ¡Ay, Dios mío! ¿Qué voy a hacer? ¡No tengo qué ponerme!

CHARLIE: *(Le hace señas para que se apure)* Pink, ¡Se está yendo! ¡Ahora mismo!

PINK: Les enviaré una postal.

> *Sale corriendo, luego da la vuelta y saluda.*

PINK: ¡A Río!

> *Pink sale.*

> *Charlie y Bertha se miran el uno al otro. Es un momento incómodo.*

BERTHA: Bueno... te veo mañana, Charlie.

CHARLIE: Okay.

> *Comienzan a caminar en direcciones opuestas.*

Silence. After a few beats...

CHARLIE: Hey, Bertha?

BERTHA: Yeah, Charlie?

CHARLIE: Did I mention that you look... radiant, superb, artistic, exquisite, bewitching, enchanting, fetching and dazzling?

BERTHA: Thanks, Charlie.

CHARLIE: You're welcome.

BERTHA: Thanks for the words.

CHARLIE: You know how I feel about words.

Lights fade.

SCENE EIGHT: "THOUGHTS OF RÍO"

Several days later.

Lights up on Charlie and Bertha.

Charlie flips through dictionary. Bertha plays with beads, absent-mindedly. Bertha still wears the hair clip Pink gave her; her hair is still loose the way Pink styled it.

Silencio. Luego de una breve pausa:

CHARLIE: Oye, Bertha...

BERTHA: ¿Si, Charlie?

CHARLIE: ¿Te dije que te ves... radiante, soberbia, artística, exquisita, encantadora, cautivante, atractiva, deslumbrante?

BERTHA: Gracias, Charlie.

CHARLIE: De nada.

BERTHA: Gracias por las palabras.

CHARLIE: Sabes como soy respecto de las palabras.

Las luces se atenúan.

ESCENA OCHO: "PENSAMIENTOS ACERCA DE RÍO"

Varios días después.

Se encienden las luces sobre Charlie y Bertha.

Charlie pasa las páginas del diccionario. Bertha toca sus cuentas, distraída. Todavía usa el broche de pelo que Pink le dio y su pelo aún está suelto del modo en que Pink lo arregló.

BERTHA: Do you ever wonder about Pink?

CHARLIE: Do you?

A moment.

BERTHA: I feel bad about Pink.

CHARLIE: Pink can handle herself. She's magic.

Pause.

BERTHA: What if she's in danger, Charlie?

Pause.

CHARLIE: Río is a rough town.

Pause.

BERTHA: Should we try to find her?

Pause.

CHARLIE: If you want.

Bertha exits.

Charlie watches her go.

Lights fade.

BERTHA: ¿Te preguntas alguna vez que fue de Pink?

CHARLIE: ¿Y tú?

> *Un momentito.*

BERTHA: Me siento mal por Pink.

CHARLIE: Pink puede arreglárselas sola. Es mágica.

BERTHA: ¿Qué si corre peligro, Charlie?

> *Pausa.*

CHARLIE: Río es un pueblo problemático.

> *Pausa.*

BERTHA: ¿Crees que deberíamos buscarla?

> *Pausa.*

CHARLIE: Si quieres.

> *Bertha sale.*
>
> *Charlie la ve irse.*
>
> *Las luces se atenúan.*

SCENE NINE:
"TROUBLE AT THE BORDER"

The same day. Another section of the playground.

Pink is alone playing jacks. She uses raisins, jewelry, dice, chicken bones and other strange, talisman-like items as her jacks.

After a time, Bertha enters.

BERTHA: Pink!

No response.

BERTHA: How was Río? Did you find your dad?

Pink gives no response.

BERTHA: Well, did you?

PINK: I found him all right.

BERTHA: Well, what happened? Did you get him out of jail?

PINK: I got him out of jail. But he couldn't cross the border.

BERTHA: Why not?

ESCENA NUEVE: "PROBLEMAS EN LA FRONTERA"

Ese mismo día. Otro sector del patio de recreo.

Pink está sola jugando matatenas (tabas). Usa pasas, joyas, dados, huesos de pollo y otro tipo de talismanes como matatenas (tabas).

Al rato entra Bertha.

BERTHA: ¡Pink!

Pink no responde.

BERTHA: ¿Cómo estuvo Río? ¿Encontraste a tu padre?

Pink no responde.

BERTHA: ¿Si o no?

PINK: Si lo encontré.

BERTHA: Bueno, ¿y qué pasó? ¿Lo sacaste de la cárcel?

PINK: Lo saqué de la cárcel, pero no pudo cruzar la frontera.

BERTHA: ¿Por qué no?

PINK: He didn't have all the right paperwork. He's no longer allowed in the Western hemisphere.

BERTHA: Oh, Pink... I'm sorry.

PINK: *(Fighting tears)* It's no biggie. He says he likes it there fine. The hot sun and the dancing girls... *(She can't speak anymore.)*

BERTHA: Oh, Pink.

> *They sit together in silence. Tears well up.*
> *A few moments go by.*

BERTHA: Charlie misses you.

PINK: He does? Is he still reading the dictionary?

BERTHA: Yup. He knows a ton of words now. He knows so many words, he talks all the time just so he can use them all.

PINK: Does he tell stories?

BERTHA: Non-stop.

PINK: Non-stop stories?

BERTHA: He's a walking, talking, non-stop storyteller. He's just full of words. They're like explosions. Words just keep exploding out of him all the time.

PINK: Por sus papeles. Ya no puede entrar al hemisferio occidental.

BERTHA: Ay, Pink... lo siento.

PINK: *(Batallando contra las lágrimas)* Está bien. Dice que está bien donde está. El sol quema y las chicas que bailan... *(No puede hablar más.)*

BERTHA: Oh, Pink.

> *Se sientan juntas en silencio. Las lágrimas brotan de sus ojos. Pasan unos minutos.*

BERTHA: Charlie te extraña.

PINK: ¿Si? ¿Todavía sigue leyendo el diccionario?

BERTHA: Sip. A esta altura ya conoce un montón de palabras. Sabe tantas palabras que habla todo el tiempo, para poder usarlas todas.

PINK: ¿Cuenta historias?

BERTHA: Sin parar.

PINK: ¿Historias que nunca paran?

BERTHA: Es un contador de historias ambulante, parlante y sin fin. Está lleno de palabras. Son como explosiones. Las palabras le explotan todo el tiempo.

PINK: I suppose that's what happens when you know so many words. If you don't talk all the time, you won't get to say them all.

BERTHA: That's Charlie.

They stand up to go. Pink gathers her things.

PINK: You won't tell him about my dad, will you?

BERTHA: No problem.

PINK: 'Cause I don't want him to know that I couldn't save him, you know.

Pause.

BERTHA: No problem.

> *Lights fade,*
>> *fade,*
>>> *fade.*

SCENE TEN: "STARS"

A few days later.

Dusk, twilight. Borderline between day and night. Sun going down; stars coming out, one by one.

PINK: Supongo que eso es lo que ocurre cuando sabes tantas palabras. Si no hablas todo el tiempo, no vas a poder decirlas todas.

BERTHA: Así es Charlie.

Se paran para irse. Pink recoge sus cosas.

PINK: No vas a decirle acerca de mi papá, ¿no?

BERTHA: No te preocupes.

PINK: Porque no quiero que él sepa que no pude salvarlo, ¿sabes?

Pausa.

BERTHA: No hay problema.

Las luces se hacen tenues,
tenues,
tenues.

ESCENA DIEZ: "ESTRELLAS"

Pocos días después.

Atardecer, crepúsculo, línea divisoria entre el día y la noche. El sol está cayendo, las estrellas salen, una a una.

Bertha, Charlie and Pink lie in the grass on their backs, looking up at the sky.

Charlie is in the middle of telling a story in which Bertha and Pink are the stars.

They listen, entranced.

CHARLIE: So then you flew up to the moon on a magic horse...

BERTHA: Yeah...?

PINK: We did...?

CHARLIE: ...and you were flying in circles, and these stars landed in your hair...

BERTHA: There were stars in our hair?

CHARLIE: ...a million little stars just tumbled out of the stratosphere and fell into your hair... and you reached out to grab some more and they just kept falling, falling like snow... falling from out of nowhere... and they kept falling until you were both totally covered with these minuscule but very shiny, brilliant little stars...

BERTHA: How big were they?

CHARLIE: About the size of a lady bug.

Bertha, Charlie y Pink están panza arriba sobre el pasto, mirando el cielo.

Charlie está en el medio de un relato en el cual Bertha y Pink son las estrellas.

Ellas lo escuchan, embelesadas.

CHARLIE: Entonces volaron a la luna montando un caballo mágico...

BERTHA: ¿Si...?

PINK: ¿Ah si...?

CHARLIE: ...y volaban en círculos, las estrellas cayendo en sus cabellos...

BERTHA: ¿Habían estrellas en nuestros cabellos?

CHARLIE: ...un millón de pequeñas estrellas cayeron desde la estratósfera y aterrizaron en sus cabellos... y ustedes recogieron algunas más y continuaban cayendo más estrellas, cayendo como la nieve... desde la nada... y continuaron cayendo hasta que ustedes estuvieron cubiertas de estrellitas, minúsculas pero muy muy brillantes estrellitas...

BERTHA: ¿Cuán grandes eran?

CHARLIE: Del tamaño de una mariquita.

PINK: That's small all right. In astronomy, Miss Willis said that stars are huge, like planets.

CHARLIE: Well, these were very small stars. Tiny, in fact. And they fell and they fell and they kept on falling until finally you were both covered with zillions of glimmering, dazzling, radiant stars, all over your arms and your faces... and all the other stars started to circle you, and they formed constellations around you, and you were able to jump off the horse and fly on your own from star to star... doing somersaults in the air... and back-flips...

BERTHA: But Charlie... were you there?

CHARLIE: ...and I was there and I was doing handstands on the stars and all the Martians were placing bets on which one of us would fly the highest, but it didn't matter 'cause we all held hands and kept taking each other higher and higher... until there was nowhere left to go. So we landed on the moon and watched the stars explode like fireworks in the sky, like a fourth of July extravaganza that would never, ever end...

> *Silence. A few moments go by. They are all caught up in a reverie.*
>
> *After some time...*

PINK: Es bien pequeña. En astronomía, la Srta Ramírez dice que las estrellas son gigantes, como planetas.

CHARLIE: Bueno, estas eran estrellas bien pequeñas. Mínimas, de hecho. Y cayeron y cayeron y siguieron cayendo hasta que ustedes finalmente estuvieron cubiertas por tropecientas estrellas deslumbrantes, resplandecientes. Radiantes sobre sus caras y brazos... y las demás estrellas intentaron girar alrededor de ustedes y formaron constelaciones a su alrededor, y ustedes pudieron desmontar del caballo y volar de estrella a estrella... haciendo vueltas carnero y volteretas hacia atrás en el aire...

BERTHA: ¿Pero Charlie... tú estabas allí?

CHARLIE: ...y yo estaba allí haciendo la vertical sobre las estrellas y todos los marcianos estaban haciendo apuestas, a ver cuál de nosotros volaría más alto, pero no importaba porque nos tomábamos de las manos y nos empujábamos a cada uno más y más alto... hasta que no hubo dónde más ir. Entonces aterrizamos en la luna y vimos cómo las estrellas explotaban como fuegos artificiales en el cielo, como un gran espectáculo de día de independencia que nunca nunca jamás acabaría....

> *Silencio. Transcurre un momento. Están todos soñando despiertos.*
>
> *Luego de un rato...*

PINK: And then what happened?

BERTHA: Yeah, then what happened?

CHARLIE: Well, I don't know. *(Pause)* I think we're still up there.

PINK: We're up there right now?

CHARLIE: That's how it feels. As far as I know, we're still there.

> *Pause.*

> *All three wait and wonder.*

PINK: We're still up there, aren't we?

BERTHA: I think so.

CHARLIE: I think so, too. *(He looks at both of them.)* You both still have stars in your hair.

> *He smiles. Pink and Bertha smile back.*
> *They all turn and continue to stare upwards.*

> *Tiny walks by, in the darkness, bouncing her basketball.*

> *She doesn't seem to notice them at all.*

> *Blackout.*

THE END

PINK: ¿Y luego qué pasó?

BERTHA: ¿Si, luego qué pasó?

CHARLIE: Bueno, no sé. (*Pausa*) Creo que seguimos allí arriba.

PINK: ¿Estamos allí arriba en este momento?

CHARLIE: Así es como me siento. En lo que a mi respecta, estamos allí arriba.

> *Pausa.*

> *Los tres esperan y reflexionan.*

PINK: Todavía estamos ahí arriba, ¿no?

BERTHA: Yo creo que si.

CHARLIE: Yo creo que si, también. (*Las mira a las dos.*) Ustedes aún tienen estrellas en su pelo.

> *Sonríe. Pink y Bertha sonríen, a su vez. Todos vuelven a mirar hacia arriba.*

> *Pequeñita pasa a su lado, en la oscuridad, picando su pelota de baloncesto.*

> *No parece notarlos.*

> *Las luces se apagan.*

FIN

"A unique, exquisite gem of a play about human beings at their best age. It's right before adolescence, when hard reality and expansive imagination are permeable to each other and language is still a fresh discovery. Sure-footed in their fantasy and storytelling, three children engage and befriend each other, even as they negotiate the mundane and terrifying challenges of the adult-defined worlds of school and family. Children of this age will recognize its truth. Adults will be drawn back to a world we must all remember."

> — **Mark Lutwak**,
> *Honolulu Theatre for Youth,*
> *Cincinnati Playhouse in the Park*

"*Befriending Bertha* is one of the most widely appealing plays we have ever done. Filled with the wonder of words and storytelling and symbolism, it has touched the heart of every single person involved with it, whether child or adult."

> — **Jim Patrick**,
> *Nantucket Short Play Festival*

Photo by Alex Menez

Isabella Azopadi (Pink), and Gabriella Tsagkatakis (Bertha); Gibraltar International Drama Festival, Gibraltar, Spain. (2019)

Photo by Alex Menez

Isabella Azopadi (Pink), Mei Liu (Charlie), Gabriella Tsagkatakis (Bertha), and Krsna Gulraj (Tiny); Gibraltar International Drama Festival, Gibraltar, Spain. (2019)

Photo by David Brandt

Faye Gallagher (Pink), TJ Ritchie (Charlie), Aubrey Brandt (Tiny), and Jenae Frye (Bertha), Great Platte River Playwrights' Festival, Kearney, Nebraska. (1995)

CPSIA information can be obtained
at www.ICGtesting.com
Printed in the USA
BVHW012118090222
628564BV00007B/231